而立未立 时光不老

「江滢／著」

中国财富出版社

图书在版编目（CIP）数据

而立未立　时光不老／江滢著．—北京：中国财富出版社，2017.5
ISBN 978－7－5047－6465－2

Ⅰ.①而…　Ⅱ.①江…　Ⅲ.①随笔－作品集－中国－当代
Ⅳ.①I267.1

中国版本图书馆CIP数据核字（2017）第118137号

策划编辑　李彩琴　　**责任编辑**　李彩琴
责任印制　方朋远　　**责任校对**　杨小静　胡世勋　　**责任发行**　王新业

出版发行　中国财富出版社
社　　址　北京市丰台区南四环西路188号5区20楼　　**邮政编码**　100070
电　　话　010－52227588转2048/2028（发行部）　010－52227588转307（总编室）
010－68589540（读者服务部）　010－52227588转305（质检部）
网　　址　http://www.cfpress.com.cn
经　　销　新华书店
印　　刷　北京京都六环印刷厂
书　　号　ISBN 978－7－5047－6465－2/I·0264
开　　本　890mm×1270mm　1/16　　**版　　次**　2017年7月第1版
印　　张　17.75　　**印　　次**　2017年7月第1次印刷
字　　数　222千字　　**定　　价**　36.00元

这是一本成长日记

这是一份时光纪念册

我是一篇很重要的自序

每一个人都有一个世界，安静而孤独。
我们都是这样，一直在路上。
这些年来，有没有人能让你不寂寞。

写这部书的初衷，只是因为热爱文字，然后似乎因为孤独，想让更多的人看到我的世界，那个隐藏在温顺、开朗背后的倔强的自己。
这里记录着生活、时间、世界中拼凑和零碎的记忆。

以及
想写的心情，
想说的话。

写作是一个很感性的事情，就像谈恋爱，一些感觉不是想有就会有。一定要顺着心。

这里面，大部分的文字都是晚上分娩而出的，由于月球引力的关系，晚上总是有和白天不同的感性情绪。
似乎白天的存在就是为了能够积蓄足够的能量，然后再经过白天的洗涤之后，可以倾泻释放。

还有些是翻出了不同时间段写的稿子，进行整理。
翻看之前那些年写的文字，觉得“唉，原来我以前是这样的”。
再过些年后，回头看现在，会不会又觉得现在的自己幼稚呢?

这些年来，干过执行，写过文案，做过摄影师，开过订阅号，演过戏，做过综艺节目嘉宾，这阵子正安分地上着班。主动或被动地让自己经历了很多。
我们永远都是在完善和丰富自己。

这本书也是我整个青春的记忆，更像是我想送给自己的礼物，

给自己的一个交代，

那么多年生活的总结。

严晓炜说：自己哪需要给自己交代?
我想了很久，我的答案是：
青春之后，后悔之前，我需要一个经历。
给自己一个仪式化的东西。
还好，我是一个善于打理记忆的人。

也或许是我怕哪一天，自己患了阿尔兹海默病，我可以凭借这个想起很多事。

《蓝莓之夜》里，诺拉·琼斯在她的咖啡馆装了一个摄像头，不是为了监视有没有小偷，而是因为可以用摄像头记录自己。就如同很多人因为没有安全感会在房间放上很多镜子一般。

或许我也想通过这个方式，寻找自己的存在感。

很多事情，
如果你不能放弃，
如果你念念不忘；
那么就把它做出来，
因为这个
是唯一的出路。

你不做就会一直地去想，
不如放手去做，成功也罢，失败也罢，也算是一个结果。

人生就是在不断的遇见中了解自己。
这个世界永远都是结果说话。

真正的决定，是眼神坚定，是不想去告诉任何人，是不需要任何鼓励，也不需要任何劝说，如同我正在做的这件事。

我喜欢这个决定。

这本书是一个属于我，属于“80后”“90后”那些正在青春路上，
以及经历过这些时光的，一起成长的你们的，
小小世界。

这里安放了我的那些时光，希望也有你藏起来的那些青春。
回首这些岁月和经历，你看到你自己了吗？

感谢所有的相遇，

希望你们会在里面

和我重逢。

阅读清单

Chapter one 自白

Chapter two 成长

Chapter three　独处

Chapter four　他说

Chapter five　爱情

Chapter one

自　白

写作的初衷

用力地唱歌，用力地生活，用力地写字，用力地表达自己。

写作的初衷

人有很多社会属性，从弗洛伊德的心理学的角度分为自我、超我、本我。以下是我对三者定义的理解。

“本我”是出于本能的、最原始的自己。以前抓周看一个人以后将走什么路，就是处于本我的概念。

“自我”是我们对于社会的反馈所形成的一个理性的、有利于生存的形象。

“超我”是遵从内心、社会、道德认知所产生的更高级的状态。

所以，特别多时候，人只是在社交，不一定是真实的自己。

喜欢文字的初衷，是因为在这些时候，我可以更好地和自己对话，做更好的自己。

因为顺序关系，这放在了第一篇，但是写着写着发现，我也是在梳理自己的思想和经历，以及各种想表达的东西。

我并不期望扬名天下，我只想能够继续勇敢努力地走下去。

同时，产出的那些东西，可以增加我的存在感。
我确认自己需要存在感。

有阵子经常做梦，梦到自己依然是处于现在生存的环境，只是，突然所有人都不记得我。

所谓写作，就是把心里的东西找出来，放大，放大，任何类型的创作都是需要部分放大的。因为只有极致的才是有力的、有冲击的。然后再去茫茫人海里，吸引那些个不相干的、有共同点的个体。

另一个原因是我一直认为文字是有很强大的力量，是可以传递的。

周末的时候，叫个外卖，一整天蓬头垢面不出门。抑或是下班后的深夜，开始码字。
有时候是把临时记录在本子上的或是 iPhone（苹果手机）记事本里的文字敲入电脑中。而那些凡是写得好的文字，都是下雨天或者心情不好的时候留存下来的。失落感和孤独感，是写作的良药。
对着电脑喋喋不休地讲述自己的事情，就好像一个神经病一样，更像是一种自我倾诉。

文字作为一种载体，我也可以把这当作保留记忆的一种方式，零星地、片段地去击败时间。感谢你们在我的生命中留下了那些重要的意义。

写作也是一种孤独和强调独立性的事情。

用力地唱歌，用力地生活，用力地写字，用力地表达自己。

用摄影来记录时间

我拍的都是生活，生活不是一张张那么美丽、那么美好的照片，而是一段段关于爱的感受。

用摄影来记录时间

喜欢摄影，喜欢光和影的感觉。不同时间，不同色调。家里好几个胶片机，胶片比数码更可以还原光影的色调。

胶片是情结，
数码是方式。

喜欢拍一些空荡马路，匆匆的行人，发情的猫，冬天的落叶，所有静止的细节和局部，仿佛是在记录时间。

喜欢逆光、喜欢深夜、喜欢细节，
以及不同的天空，巧克力蛋糕、人行道、花草……仿佛在记录生活。

被拍到的是面具还是真相?
摄影也是一种心境，会拍摄出当时的自己的状态。

当翻看那些过去的照片时，是否又会感叹时间让自己变得模糊不清呢?

你是否还记得当时和谁，在什么地方，以及拍这张照片时的心情吗？
因为我一直觉得，很多觉得理所当然且不会离开、不会改变的东西或者人，在某个瞬间，你就会失去它或他。所以我更希望用一种方式来留存。

我不会去拍摄很多刻意的或者商业性的东西，因为我不需要靠这来维持生活。这是我比很多其他摄影师幸运的地方。我在这里没有妥协，势必我也从事着他们觉得需要妥协和委屈的工作或是事情。

我拍的是生活。因为生活本身也不是一张张，那么美丽和美好的照片。

好的，坏的，黑暗的，温暖的，这个世界上存在的一切，都是需要我们用心去感受和发现的。

打好人生这局游戏

我们需要休息来回血，需要赚钱来购买生存所需的各种东西，也可以补充各种食物和知识来回蓝、回红，可以锻造衣服或者制造食物，同时，我们可以看攻略走得更远、更容易。

打好人生这局游戏

有阵子每天在追《微微一笑很倾城》，作为“女汉纸”的我，又喜欢打英雄联盟。很多年前和前男友有阵子由于画风好看，每天打“永恒之塔”，前期靠做任务升级，后期就靠各种组团刷BOSS，下副本，甚至单练放风筝。因为爱美，修炼的是锻造衣服和武器等的技能。游戏里，我选的永远都是法师。

游戏在我们的岁月里也是不可缺少的一部分：魔兽、DOTA、英雄联盟。

先谈谈剧，其实对于这种小说改编成的电视剧类型，又与游戏相关题材的，对于我自称阿姨的这个年纪应该是不爱看的。可是剧中的杨洋，拥有了我对于男神的一切幻想，并且这部剧真的是每天在“发狗粮”。有时候，我需要这些甜蜜来回血。

贝微微说：肖师哥，好巧啊！
肖奈说：不巧，我在等你。

杨洋微微一笑里，包含了多少宠溺。
甚至，我也期望有一天，会有一个男主出现，对我说：我在等你。
就像大神和贝微微的见面，很多的开场白和相遇都是有预谋的。

人生是一场游戏，暗涌危险。不同的时间点，不同的章节，都会出现 BOSS，需要我们去战胜它。

而刚进入社会的我们也就像进入新手村，
我们可以选择不同的模式，是 Easy（简单）还是 Hard（困难），我们可以选择组队或个人，可以选择不同的职业，可以选择提升什么技能。

我们需要休息来回血，需要赚钱来购买生存所需的各种东西，也可以补充各种食物和知识来回蓝、回红，可以锻造衣服或者制造食物，同时，我们可以看攻略走得更远，更容易。

人生是一场修行，修行是痛苦的。

修行是一个严肃认真且辛苦的词。百度的定义是：它是一个持续时间较长的活动，包括思维活动、心理活动、行为活动、社会活动，旨在达到与现阶段相比境界更高、胸怀更广、视野更宽的个人修养水平。宗教中为超凡脱俗、摆脱生死轮回而努力的各种方法，必须经历九九八十一难，完成自我升华，取得真经。

正因为痛苦无趣，所以特别喜欢那个一大把年纪、整天嘻嘻哈哈的“老顽童”周伯通。自娱自乐，不至于让自己的人生看起来那么苍白痛苦。

在修行的这条道路上，呈现出一段段各式各样的人生。
苦乐参半。

巨蟹女的生活

一直觉得巨蟹座天生就是个有懒癌的星座。

巨蟹女的生活

巨蟹座，一个敏感细腻的星座。属性水，如同我的名字一样。我喜欢这个星座，喜欢和别人说起，似乎也是在寻找一些一致性。敏感地接收所有信息，却不输出。用坚硬的壳来保护自己。

太敏感的人总是容易对任何事情产生感情。
然后掉进自我设计的陷阱。

同时，也一直觉得巨蟹座天生就是个有懒癌的星座，我是个有懒癌的人。家里的衣柜和床，除了我妈整理或者哪天我脑子搭错自己整理之外，几乎都是零乱的。冬天也是要冬眠的，几乎可以很久都不出门。去超市买一堆零食，回来窝在沙发上，看书，看片。乐此不疲。我知道这是一个坏习惯，但似乎到了这个年纪，不想改变了。
不过碗啊，地板之类的还是很干净。

我妈整天会嚷嚷：你以后嫁人怎么办，你要怎么生活，衣柜那么乱，床都不理！我在心里轻轻地会反驳几句：反正没那么快嫁，说不定我男朋友也有这个癖好呢。一边回答我妈：乱一点才有家的感觉嘛，不然都像医院一样多不温馨。然后又和我妈讲一堆“懒人改变世界”“就是因为懒才会有苹果手机”“就是因为人想偷懒，人类才会进步，才有洗碗机、洗衣机”之类的话，我妈称那些为“歪理”。

我是很懒，对于这一点我从不避讳。

在这里一定要感谢“马叔叔”，让我的生活不用出门就可以丰富多彩。衣柜里面的衣服还特别多，只需打开他的 App（Application，应用程序）。

早年还在读书的时候，只知道那几个女性的大众牌子，再后来又开始买些日系衣服，随后是各种大小 It 的潮牌，直到今日基本都是 H&M、Zara，以及路边小店淘来的衣服。挺好，省钱省心，随意。衣服风格的变化也透露了心态的变化。

然后有些习惯变了，有些还是在那里。
只是没有那么执着，若隐若现。

比如，
喜欢听故事，
喜欢可乐味的棒棒糖，
喜欢发音盒，
喜欢吃甜食，
喜欢坐公交车最后倒数第二排靠窗的位置，
喜欢雨后湿润泥土的味道。

喜欢天台，

喜欢鸡尾酒，

喜欢晚上没人的空旷的大马路，

喜欢折纸飞机，

喜欢收集明信片。

收集明信片具有和写作类似的意义。记录着不同时间、不同空间、不同心境、不同年纪的自己。

我最喜欢穿的还是夏天的 T 恤，冬天松松垮垮的毛衣。

不喜欢束缚的关系吧，喜欢随意自由的衣服，我本来也不是什么女神。

有的那些美丽可爱抑或是花样的衣服只是因为场合需要，而并非出于本心。

对于鞋子也一样，喜欢的就是那些板鞋、跑鞋、松糕鞋，总之就是没有跟的，能让我又跑又跳的。

还特别喜欢赤脚，我喜欢用脚面的触感，感受着地板的温度。

高跟鞋只有那么几双，都特别美，也是装样子的。

不得不承认，一穿高跟鞋，整个气场就会不一样，只是，我会走不来路。

以至于有一次录节目，编导说：你怎么带这种鞋？所以最后还是借别人同尺码的鞋子穿着。

对于这点，我真的不是个太考究的人。

那些寄给我明信片的人，如今在哪里？你们还记得哪张是给我的吗？还记得你们和我说过的话吗？

JUMBO
HONG KONG

巨蟹座

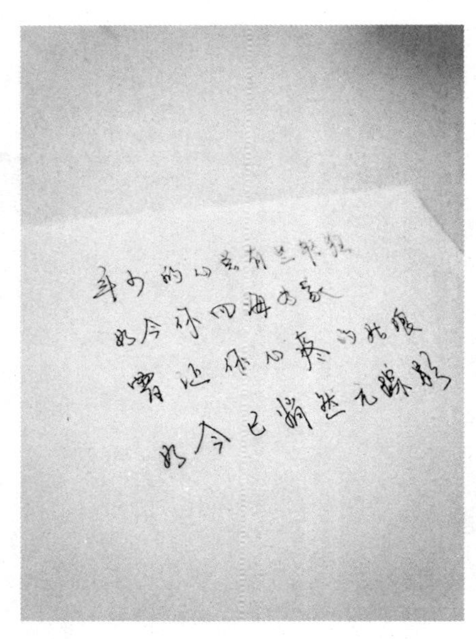

天各一方，各自安好

爱情这个东西总是会出现在我们的生命里，改变着我们的轨迹、性格。
你的青春里爱过谁，谁的青春里又爱过你。

后来我总算学会了如何去爱，可惜你早已远去，消失在人海。后来终于在眼泪中明白，有些人一旦错过就不再拥有。

天各一方，各自安好

这一篇写写前任，写写初恋，写写我的爱情。

因为爱情这个东西总是会出现在我们的生命里，改变着我们的轨迹、性格。

你的青春里爱过谁，谁的青春里又爱过你。

在一些参加过的相亲类综艺节目中，凡是涉及恋爱过几次之类的问题，我的回答永远都是 2 + ，除非不问，除非被剪掉。

我真正意义上的初恋是在 2008 年的 9 月，那一年，我大二升大三。
我 20 岁，他 23 岁。

认识的原因是由于某群的群聚会，很多人一起去看南京西路上海美术馆那边的双年展。
那时候还没有微信，那时候也没有微博，用的是人人网、校内网、QQ（即时通信软件）空间，以及新浪、搜狐的博客。

我是一个不习惯通过加陌生人变成熟人的人，因为懒得通过不靠谱的网络去交待自己的人生。

那次之后，我们加了 QQ，留了手机号，开始每天发手机短信。我记得我用的还是索尼爱立信的手机。

后来，我们就约了去上海歌城。

那时候，就看他点完歌，安静地坐在那边，然后拿起话筒，唱着郑中基的《无赖》。

“但是仍唯独你
爱我这废人，
出错你都肯去忍，
然而谁亦早知
不会合衬，
偏偏你愿意等。
为何还喜欢我这种无赖，
是话你蠢，
还是很伟大。”

一点点刘海把眼睛遮住，像极了偶像剧男主角。虽然我不是完全的颜值控，但是他满足了我的一切幻想。歪着嘴，嘴角微微上翘的样子，睫毛很长。

他唱歌很好听，唱歌的样子也很好看，画面很美。说话也很好听。

因此特别喜欢晚上和他打电话，因为他声音特别温柔，好听。

因为声音和细节爱上一个人。

然后，我们接吻了。

终于知道，为什么情侣之间一个拥抱和接吻就可以让彼此的心更近。

因为那一刻，你会感受到对方的温度和温柔，

以及

什么叫唇齿相依。

再后来，恋爱之后。

他陪我上课，我等他下班。

我记得有一次，他在寝室楼下等我，然后我一出寝室楼，他就拿了张贴纸贴我身上说：好了，盖章了，你是我的。

我记得有一次，他拿着一堆零食，跑来找我说：拿着。这是你周一吃的，这个是周二，这个是周三……

我记得有一次，他拿着打包盒过来说：新开了一家店，试试好不好吃，好吃下次带你去吃，我说了一堆不好吃之后，他委屈地看着我说：是我做的。你再吃吃，真的不好吃吗？

我记得有一次，我跑去他公司接他，不知道他同事看到会不会不好，所以没站在大楼里，又怕告诉他影响他工作，然后就在楼下等了三个多小时……

我记得有一次，他在上班，他妈妈不舒服，我去照顾。

我记得有一次，他在外地出差，为了给他惊喜，千里迢迢一个人跑去他出差的地方找他。

我记得很多次，我帮他写简历，陪他去不同的公司面试。
我记得很多次，我们一边去黑暗料理街买了烤串，一边去网吧打着跑跑卡丁车和冰封王座。

我记得恋爱很久以后，他在我耳边，轻轻地说了句：我爱你。而我假装没有听到，却红了眼眶。

这些零星的小细节，伴随着专业课的重读和挂科，构成了我整个大学时光。

我会喜欢一种人，我把他们叫作同类。
应该是一种敏感、善良又倔强的物质吧。

就好像你走着走着，找到另一个人。突然发现，原来那个人和你走的是一条路。
然后你们说说笑笑。
他走快了，会等你。

你走快了，回头，发现他还是在你后面。

那时候，我们是两个性格很强的人。这种人的特点就是永远都是嘴硬心软，口是心非。就像两个刺猬，一定要把对方刺痛。

两个倔强的人，太容易口是心非，明明是在意的，却把对方推向千里之外。

你我的过去，
被顺时针地忘记。
我知道你我都没有错，
只是忘了怎么退后，
信誓旦旦给了承诺，
却被时间扑了空。

爱被我们打了死结。

现在的我已经平和温顺太多，性格虽然还是一样的强。

爱情，终究还是会败给现实。

尤其是对于那时候还不成熟的我们来说。不足够强大，不具备对抗问题的能力和思考。

所有的同甘共苦
被认为是理所当然。

于是，互相看不清对方的好。
我们被时间拖到看不清的角落，
也只能微笑。

总看见像车站转身的告别，
像刚放手的拥抱。

曾经紧握的手，
5 年，10 年，15 年后，
是否依然紧握着。

于是，磕磕绊绊地受了很多伤之后还是分了手。

再后来，他们告诉我，他很快找了个外地女孩，性格很温顺，似乎很爱他。
我见过。
那女孩的聪明之处在于，有一张娇弱又委屈的脸。这点是性格那么强的我这辈子也不会有的。

再后来的后来，他好像和那个外地女孩结婚了，婚礼听说没有邀请什么人，办得很低调。

爱情这件事没有全身而退。
谁也没有对错，
只是时间，把我们从熟悉变成陌生。

最后，
剧终散场。

我们就这样散落在天涯。

我的第二个男朋友是设计师，很阳光，很顾家，很正能量，和我一样喜欢五月天。那时候的印象是这样的。
直到现在，我喜欢的风格和菲林部分应该是和他有关的。我那些关于阴影和暗部，黑和白是极色，0 和 255，灰色是间色，互补色、相邻色就是他教的。

之后的之后，第二个男朋友之后，还爱过几个人。

只是，现在的我们，自我保护心太强。我们彼此试探，我们不会用力去爱。
我们都变得谨慎起来。

于是，无果，走着走着也就散了。
至今依然能想起的，是因为没有在一起，只是还念着。

有一次，本打算去一起旅行，然后在携程定行程的时候，下意识加了几十块的取消险。最终确实没有一起去。其实后来想起来，当去加上那个保险的时候，是不是就已经注定了这个结果。

如果很多东西都把出场顺序改变一下，或许就不是现在的结果和样子。

后来我总算学会了如何去爱，可惜你早已远去，消失在人海。后来终于在眼泪中明白，有些人一旦错过就不再拥有。

《春娇与志明》第二部里，余春娇说，我努力地想摆脱张志明，没想到我成了第二个张志明。

我听粤语歌是因为他，

我脑洞里那些稀奇古怪的想法是因为他，

我看《经济学》是因为他，

我喜欢画画和色彩是因为他。

我们在潜移默化中互相影响着，

只是我们不知道而已。

经常填表格的时候，会有一栏，对前任说的话。

“感恩你们走进我的生命和青春，天各一方，各自安好。”

爱得轰轰烈烈，都不如爱得刚刚好。

如果有一天，让我再遇见你。我们是否会彼此打声招呼，问声：Hi，你过得好吗？

不期而遇地相遇

相濡以沫不如相忘于江湖，

萍水相逢和一场场不期而遇的相遇，才是最好的相处。

不期而遇地相遇

所有的相遇，都是一场盛大的预谋。因为我们不会与和我们完全不是一个世界，没有任何交集的人相遇。

即使如同程韵和林方文的相遇，看似巧合，却夹杂了多少暗涌。

爱上不期而遇，最早是因为《爱在落日之前》和《午夜邂逅》。男女主角在一个陌生的城市，遇上陌生的人。

我遇见谁，会有怎样的对白。

而我爱上这样相遇的原因，是因为可以倾听和交换一个个故事。

而所有的关系也都是从一段段聊天开始的。

某个晚上，看到一个经纪的朋友圈，应该是正在带人录节目。Locationl（定位）显示的就是在家旁边的军工路。之前也不是那么的熟，但是那天闲来无事便决定去探班。和嘉宾聊着天，等他结束他的工作，我们约着去大学路的驻唱酒吧喝了几杯。

我点了杯蓝色玛格丽特，他点了杯橙色的不知名液体。

凌晨一点多。喝了酒晕晕乎乎又清醒的状态，让人恍惚着迷。来了几盘骰子，吹牛一直输，他每把的骰点都那么大，后来他告诉我他在磕骰子。还来了好几把五十、十五。

他有一段谈了三年多的恋爱，之后就一直单身。
我问：谁提的分手？
他说：是我。而且后来我还说了些赶她走的话。
我问：为什么？
他说：我喜欢她，但是我怕辜负她。

这是一枚很帅的“90后”的男生，艺校毕业，皮肤很白，人很清瘦。说话很小声。唱歌很好听。
特别是模仿张学友，声音真的很像。每一首都唱得像。而且似乎张学友每一首歌背后的故事他也有了解过。

他说：以前的我喜欢音乐，那时候我身边的朋友玩音乐，我还和他们一起玩。我们江西有个酒吧我一直去，我给老板上台唱歌，老板就让我们免单喝酒。那时候还离家出走，睡过公园。挺叛逆的，200元钱我自己生活了七天，我自己还觉得活得特别好。
我问：那你文过身吗？好多这性格的朋友文过身。你留过长发吗？齐肩的那种。
他说：文过一个很小的字，后来洗掉了，以前头发有点长，但是没有太长。我听音乐不听那种纯发泄的，像死亡摇滚、重金属那种。

他又说：你刚问我的时候，我在想我以前是什么样的，我想起来了，微微一笑，人一直在改变，现在相对以前更理性了。有时候我也会想，如果做这个赚不了钱，我是不是该去寻找别的出路了。我觉得人不管怎么变，本性是不能变的。

然后一起走了一些路，在空旷的马路上，
我还逼他唱了五月天的《突然好想你》。

可能是大晚上的特别感性，所以交流了特别多的话，加上恍惚的感觉。

他说：我遇见你，就好像快要溺水的人遇见可以让他漂浮的枯木。

我说：如果他不去依靠枯木呢。是会溺水致死，还是学会游泳？

他说：我想……会溺水致死吧。

我说：嗯。

我说：现在的我已经不会相爱，或者说是不敢相爱。说完看了看他。

他说：我也是。我怕我再下去连动心的勇气也没有了。

然后到了家楼下，互道晚安，我便上了楼。

现在的我们，

已经习惯着彼此试探，那些“我想你”“在一起吧”，然后加一句调侃性的话，或者是加一句开玩笑的。

其实，哪有什么真的玩笑，每一句玩笑有一半都是真的。
那只是我们自我保护的说法。因为我们说出的话都是带有目的的。

甚至，连那一句，我想你，到了嘴边也咽了下去，变成一句在干吗。

明明想让别人看到自己，在和别人相处时，又习惯性地带着保护色。

义无反顾的爱情，那是在光芒万丈的青春。

或许有一天，我也会龇牙咧嘴地笑，很大声地说话，嫁一个合适的人。
或许很多年后，我一定还是会做一个正常人，过上普通安逸的生活。

对于现在阶段的我来说，我喜欢所有的这些不期而遇。

我们的十年

从2006年到2016年，

这是

我们的十年。

十年前的我们，会想到现在自己的模样吗？

十年后的我们，还依然热爱并感恩生活吗？

2010
毕业思源　爱国荣校
上海大学
SHANGHAI UNIVERSITY
放飞青春　奉献社会
毕业典礼

我们的十年

朋友圈中看到一个帖子是说我的母校，上海大学的尔美食堂如此逆天类似标题的一篇文，然后回了一次母校。

寝室楼的入口，挂着一条横幅：
“欢迎 2016 届新生”

我们入校的那年是 2006 年，

我最爱的那首歌，
“怀抱既然不能逗留，何不在离开的时候，一边享受，一边泪流。”
“十年之前，我不认识你，你不属于我。我们还是一样，陪在一个陌生人左右，走过渐渐熟悉的街头。”

转眼
十年。

一张张活泼鲜嫩的面容，迎着夕阳，都可以看出他们的活力和对于生活的热爱以及期待。

十年前的我们，会想到现在自己的模样吗？
十年后的我们，还依然热爱并感恩生活吗？

十年是个怎样的时间长度呢？
我们又是走过了什么路，才变成现在的自己呢？

十年可以改变太多事，太多人。

很多事情是回不去的。
很多事情，十年前不懂的，十年之后都懂了。
人成长了，就会唏嘘，就会缅怀过去。

那一年的夏天，我抱着490多分还不错的文科分数，去新生报到处。
爸妈，还有我，拎着大大小小的，脸盆、被子、洗漱用品、生活用品。每一个孩子，似乎都是这样。所有父母的脸上，写满了骄傲以及各种关照叮咛。

我们的寝室是612，这个号码依然在脑中清晰可见。
寝室的格局是上下的床铺，下面是写字台，上面是床。一层大概20多个房间，一个房间4个人，每层会有公用的盥洗室，三个洗澡的水龙头。

Q是我们寝室公认的学霸，我挂的科，她都很好。每一节课，她都会去上。白羊座女孩，脾气直，我的作业都是抄她的。

Q 喜欢孙燕姿，帅帅的，很有性格的那种。我那时候除了五月天、陈奕迅和刘若英这些固定的之外，还喜欢薛之谦和林俊杰。那时候的薛之谦还不是段子手，也没有潮牌店。然后就把《认真的雪》设作闹铃。很惭愧的是，经常我把整个寝室的人都吵醒了，最终自己没起床。

一到考试周就临时抱佛脚，把自己关在寝室两个星期，也不回家，买了各种口味的泡面，每天各种味道的换着吃。上海大学还是三学期制的，所以考试特别多。

坦白说，大学那些年，好像觉得自己那么多年熬出头了，并没有好好读书。光混那些社团了。什么杂志社、街舞社、社团联、学生会，等等。和许多社长还有学校的活跃人物关系都特别好。

有个 Scope（成长）训练营，我们需要组成团队，分析每个人的性格，做市场调研，写调查分析，然后出策划方案，营销策略，最终再去实地卖我们策划案里的各种东西。

Scope 告诉我们，做什么不重要，重要的是做的方法，怎么做。
同一个事情，不同的人会出不同的结果。
就好像咖啡的苦与甜，不在于怎么搅拌。而在于，是否放糖。
这个就是方法和能力。

那些年，我们骑着自行车，一次次地从 A 楼到 G 楼，穿梭于寝室楼和教学楼之间。

那些年，我们一次次地经过畔池、宏基、尔美、益新、新世纪。

那些年，我们从《高等数学》到《线性代数》；从《基础会计》到《现代经济学》；从《大学英语》到“马哲邓论”（《马克思主义哲学》《邓小平理论》）；从《组织行为学》到《管理学理论》；从计算机机房到图书馆。

上课的时候，经常会看到同一个人，用奇奇怪怪的音调喊着“到”，后门一直进进出出的是由于迟到偷偷窜进教室、点完名就溜的小伙伴，以及一张张学霸们自习教室和阶梯教室抢座位留着的字条。

大四那年，我们终于要毕业了。从大三到大四那段时间，我们不再经常去学校。只是完成没完成的学分，以及重修，还有论文。我们忙着各种投简历、找工作、实习、考研或是出国。

我们一直喊别人学长、学姐，到被别人喊学长、学姐，最终毕业。

而母校就是，不管我们嘴里怎么吐槽，却不允许别人说她不好的地方。

毕业那会儿，我们没有像电视剧里那样一杯接着一杯，也并没有哭。只是互相说着以后的样子，以及各种猜测。

生命是一个不可逆的化学方程式，非充分非必要条件，细胞分裂的过程，以及质子、原子的裂变反应。

又或许再过十年，我们彼此又会是在哪里？听着谁的歌，又爱着谁？通信录里的人变了多少，还有谁又在你身边？

时间是一场有去无回的旅行，好的，坏的，都是风景。
时间在我们身上和脸上留下痕迹，虽然我们并不喜欢那些痕迹。
于是我们花钱通过各种方法，试图让岁月的痕迹可以不那么明显、清晰。

有一些东西，是岁月给我们的，且只有岁月才能给的。
20 多岁拥有现在没有的活力和青春，有一次无意间打开自己的 QQ 空间，看着自己那些曾经很火的“杀马特”“洗剪吹”的发型和造型，不忍直视，突然觉得好幼稚。觉得幼稚，是因为我们有了成长。
20 多岁的我们，向往那些知性成熟、事业有成的人。

现在即将 30 岁的我们，没有了那些冲动和青春，新陈代谢也开始逐渐衰减，我们却有了时间给予我们的思想和成熟。

30 岁的我们，开始懂得了感恩和责任，我们开始注重健康，注重个人时间，注重节制，注重自律，不混夜店，不剪夸张的头发，不乱染发。

时间是一个奇妙的存在，
当年的我们还是小孩，
如今都已经长大成熟，甚至是为人父母。

我们各自从事着不同的职业，
我们在不同的城市，
生存，
生活。

这些年，
你过得好吗？

岁月越来越把我们变成了一个知轻重、懂平和的人。
我们会与世界和平相处，我们懂得适当的妥协，这是一个很好的自我探寻的过程。

我们不知道未来的自己会是什么样子，
我们依然会怀念那个校园时代的自己。

疯狂，
或是遗憾，

这是我们的十年。

贪杯的灵魂

我想你只是重新爱上了
被一个人疼的温存，
你总是说要戒情人，
却有个贪杯的灵魂。

喝一口能够让你醉几分，
谁让你沉溺就让你伤神。

贪杯的灵魂

我的职业是 HR，中文翻译是人力资源师。对于这个职业，其实一部分是不符合我这种不安分的性格的。不过有足够多的时间和精力，可以让我做更多我想做的事情。让我没有后顾之忧，不必妥协生活。

另外一个原因是，我可以通过工作和社交遇到形形色色的人，这是一种乐趣，我享受其中。

通过每一个人性格的碰撞，
来了解别人的性格形成，
以及增加我对于不同性格和行为判断的准确性，
还有
来审视自己。

喜欢社交，喜欢听故事。

命运是有脚本的。

一个人的童年或者是经历，“回溯式因果”可以帮我们解释和反射这些人的曾经。
我们基于各种巧合降落到这个世界，
又偶然地看到了那么多生生世世。
研究人，去看人心的秘密和人背后隐藏的真相。
研究人，是一件很有趣的事情。

喜欢微醺，
喜欢这种无知觉、意识不清醒的迷糊感。

有时候我们需要一个理由，
让时间变得短一些，
让我们可以好过一些。

而从你们的故事中
看到自己，
看到不一样的人生
体验我无法经历的过程。

结交一段段人生，
寻找自我的孤独旅程，
寻找存在于这个世界的某些角落，
相似却又不同的灵魂。

我喜欢有故事的人。

因为有经历的人，
他们都有一个共性，
坚韧而倔强。

我和前任谈了七年，痒了。
我和初恋恋爱六年。

很多故事讲到最后，
无非是
你走了，
他没有挽留。

我从小很叛逆，离家出走过很多次，
我出国留学了 8 年，女朋友分了。
我以前有自闭症，特别自卑，是那种都不敢出门的人。
我爸妈离婚那年，我自杀过。

似乎可以从这些故事里，反射出这些人曾经是怎么样的。

没有人的人生是对的或者错的，
我们只会越来越接近真实和适合自己的生活。

人生无处不是弯路和泥泞，
但好在我们还能继续往前走。

你们一定会去天堂

我很少去写自己的家人，这篇文章于外婆和舅舅，关于亲人。用来纪念和怀念。这些文字是在特别感性的时候写的，后来几次想去美化一下，把情绪的一些东西删除、修改，最终还是决定保持原样。

你们一定会去天堂

这篇文章写的是我的外婆和舅舅。因为他们深深地印在我的青春和记忆里。

外婆是 2016 年 6 月 5 日 22 点 49 分走的。舅舅是同年 8 月 8 日凌晨 4 点走的，舅舅走的那天还是妈妈农历生日。

两个月，送走两个人。

失去总是比想象中来得更措手不及。即使你脑中想象过很多遍失去的场景，但当那一天来临的时候总是无力招架、狼狈不堪。

6 月 5 日那天，我到医院的时候是晚上 6 点多。看到外婆由于呼吸困难，嘴巴一直张得很大，喉咙里是咳痰咳不出的很响的声音。医生测的数据是：含氧量 80%，心跳 140 次/分钟，血压 70/100。

她们告诉我，外婆走的时候心跳达到了每分钟 200 次，血压和含氧量越来越低，非常痛苦，满眼的眼泪。

7 月 27 日我从泰国回来，飞机一落地，刚把飞行模式切换回来，就接到我妈哭着的电话，说舅舅在抢救，就在我一下飞机的那一刻，有些事真的不知道是不是巧合。

一直到走前，抢救了两次。每次都很多人来。
舅舅走的时候，只有妈妈在。

妈妈说，舅舅走的时候，七窍流血，由于呼吸不畅，床单和被子喷的都是血，一两分钟的事情，喷完血就走了，眼睛没闭，嘴巴张得很大。

这是我第一次看到身边的人离开，以前的一些人离开的时候，由于年龄太小，记忆不深，感情也不深。

外婆是个极其善良和识相的人，非常懂得察言观色，也从不吭声，从不给人添麻烦。一辈子都是在为别人着想。

外婆家是杨树浦路的老房子。记忆很深刻的就是，每逢过年过节，任何大节小节，甚至是平时，我们都会去那个弄堂，一个弄堂每户人家都是大门敞开的，热闹得很。放放无线电，搓搓麻将。那种老房子是分前客堂、后客堂，楼上楼下的。这边一喊，整条弄堂的人都可以听到。那是童年和老上海的时光。

我时常觉得如果一切都不要变，爸妈不老，老房子不拆迁，舅舅和外婆都还在。然后我是现在状态的我，那该是多好。

现在每次坐四号线路过杨树浦路地铁站，我有时候还是会下地铁，去那边看一看。不知道外婆和舅舅会不会看见我，会不会想我。有时候去那边走一走心情也会舒服很多。我们是有情结和感情在那里的。

还没拆迁的时候，一条弄堂的人都说：这老太太好得不得了。

他们那代人，是苦过来的，所以很节省。外婆从来不买任何东西，从来不打车，从来不主动出去吃，我们买 85 度 C 的蛋糕给她吃，她嫌贵，却会去捐款。

外婆不怎么吃牛肉，因为她觉得牛已经很辛苦了，一直在干活和耕地。

然后听姨妈说，外婆对每个人都很好，唯独对她的妈妈不好。外婆这辈人很苦，那时候养了很多孩子，外婆的妈妈要把外婆的妹妹送掉，10 岁的外婆说：你不要送，我出去干活，我来赚钱养妹妹，你送掉了，妹妹会死的，日子很难过，很可怜的。

然后有一天，外婆出去干活，外婆的妈妈还是把妹妹偷偷送掉了。所以外婆心里一直有怨恨，觉得我那么小都已经出去干活了，你还是那么没有同情心送掉了妹妹。所以外婆对小辈和子女都非常好。妈妈说，以前毛主席提倡“上山下乡运动”的时候，整个杨树浦路的人都去了乡下，去支援。外婆因为舍不得几个孩子吃苦，我们家的一个也没去。外婆宁可自己辛苦点。

好像我们这些人都遗传了她的这份善良。

舅舅是个极其敏感和神经细的人，其实神经细的人，活得不痛快。所以，他没有结婚，也没有儿女。

舅舅很喜欢妈妈和我，可能因为我们也是神经细的人。敏感的优点是对这世界感知的敏锐，缺点是情绪不稳定，苦了自己。

我一直是喜欢吃草莓的。有阵子舅舅就一直买草莓来我家，后来因为要高考，要复习，会影响学习，他便不再来。
我下得很好的五子棋和围棋都是舅舅教的，那时候我随意说了句，舅舅就买了一本书自己先看着学，学会了再教我。后来我下得比舅舅好，他就老是赖我。

舅舅走之前那天也被抢救过，那时候我在人广和朋友吃饭，接到电话就打车去了医院。他们说舅舅一直在喊我的名字。我到了医院，舅舅说不了话，但是我到哪儿，他眼睛就转到哪儿，看着我。

还要和我握手，这是我最后一次和舅舅握手。

后来舅舅就喊疼，疼到双手握拳握得很紧，我去安抚舅舅，和舅舅说话，把他握着的手松开。

再后来，舅舅就睡着了，一直到白天都很平稳，我们都不在医院，因为特别平稳，吃的也比平时多，我们都没有特别在意，也没有别人陪。然后凌晨就突然离开了。

然后就看着尸体被放进马甲袋里上了殡葬车。原来睡的床位，舅舅一走，就整理好，空着等下一个人进来，人走茶凉大概就是这个意思。

舅舅之前说过，最好让他自己静静地走。他性格坚强，不喜欢让别人看到自己不好的那一面，这点和我们很像。

其实医生原来说，从生病到最后只可以撑 3 个月，最多半年。舅舅已经撑了 1 年多，靠一份毅力在撑，也想多看看大家，多留在这个世界一些时间。

原来妈妈他们是轮流照顾，一天照顾外婆，一天照顾舅舅，一天自己在家烧饭。因为这个事，加上自己的工作问题，以及自己想做一些事，辞职之后，我便再也没有找工作。怕妈妈一下子空了，本来那么忙活，两边跑两边照顾。偶尔接接戏，偶尔接接综艺，不忙活的时候就在家陪陪妈妈，写写文。

妈妈的性格好像也有了点变化。以前带她去吃饭，她总是以各种理由推托不去，应该是为了省钱。但是自从那以后，带妈妈出去吃饭，妈妈基本也都愿意去。可能是真的觉得，活着的时候该怎么样就怎么样，人就这一口气，没了就什么都没了。

有时候，人的变化，就是因为突然的某一件事情。
成长也就是在和一些熟悉的人告别中滋长。

所以
想说的话，
想见的人，
想做的事，
我们都要去好好地把它做完。

“奇葩说”第三季有一集是说死亡的。即使我们再强大，和死亡有关的任何东西，很少有人能够直面，即使乐观性格的人，在谈及死亡的时候，也越发沉重严肃。

赚钱又是为了什么？我不知道别人的答案是怎么样的。
于我而言，为了两点。

一是为了自由，为了让自己可以生活得更舒服。
可以撑起我的任性与骄傲。

二是保护我的家人。让自己更强大，有更多的能力，去做更多善良和想做的事。让我爱的人尽量可以舒坦一点，尽量可以少受点气，过得好点。

愿每一个善良的人，都可以有好的回报。
愿每一个人都可以善待身边的人，好好生活。

谨此为念。

我的父亲母亲

很多时刻，

你不确定是在哪一刻产生的化学反应。

很多事情都是潜移默化的。

累积，

变成最终的你。

我的父亲母亲

有一次，和一个朋友聊天，他说：我只顾着工作，什么都不知道。原来我妈得了肺炎，自己一个人去医院挂了一个礼拜盐水。原来我爸摔伤了在卧床。

我想起了我的父母。所以这篇写写父母。

其实要不要出现这篇，是所有文章里最纠结的一件事。因为我父母也是性格倔而强的人，我也始终不太敢对人说。因为有一次，突然觉得其实很多我们需要破釜沉舟下决定的事情，在别人眼里并没有那么的重要。我希望他们出现在我的故事里，因为他们是我人生的一部分。

如果把那些事情去掉一些，我也不是现在的我。

就像是蝴蝶效应，所有微小的变化都能带动整个系统的、长期的、巨大的连锁反应。

初二的某一天，下课后在校门口看到我妈来接我。拿过书包之后，妈妈说：今天妈妈没烧饭，我们去×××店吃个晚饭。那个位置的那家店其实现在还在，只是前后换了很多老板，改了很多名字。

坐下，菜上齐之后，我妈看着我把饭吃得差不多了说：今天我们不回家，妈妈一会儿带你去个地方。妈妈要和爸爸分居，我们搬出来住。

我记得我是停了一会说：哦。那爸爸知道了吗，已经找好地方了吗？

然后我就和妈妈一起去了租的那个以后我们住了两年的地方。

房子和我家差不多大，只是我家是六楼，那个是二楼。我们家在小区里，那个地方靠马路。

对于那里印象最深的就是楼下有个音响店，我初二那会儿，很流行F4，后来是周杰伦，于是整天放着《流星雨》和《龙卷风》。以及那个洗头洗澡总不那么舒服的淋浴器，还有门口那个理发店。

那时候我骗同学说那边的房子卖了，暂时住这边。

我的学习成绩还是一如既往得好，一如既往的还是考着班里的前五、前十名。年级一共500多个人，我依然是前一百名，前五十名。加上我是个不喜欢声张的人，好像大家也就都信了。

心里总觉得不痛快，因为毕竟不是家。为什么那么多人结婚一定要有自己的房子，大致和我那时候的感觉应该是一样的，租的房子毕竟不是家，不是自己的。没有寄托，没有安全感。女人总是那么需要安全感和寄托。
即使是女孩。

妈妈 45 岁就申请退休了，因为需要。也是 45 岁的时候就没有了生理周期。那时候退休金才 600 多块钱。房子的租金也是这些钱。还有读书也需要钱，还有生活费。

那时候我也不痛快，经常和妈妈争吵，会说很极端的话。

很多年，
都不是那么懂事。

直到有一天，我看到妈妈 45 岁就有很多的白头发，才意识到，妈妈那么的不容易。可能妈妈身体至今都不是很好，和那时候是有关系的。

于是，
开始不吵，
偶尔有情绪了，等情绪过了也会安抚妈妈。

有些事，是一夜成熟的。

成长
其实是一件极其残忍的事情。

妈妈是一个性格强，但是很内向的人。有很多想法都不说，性格又敏感。因为内向，很多事情只会自己憋着，并且因为性格关系，很容易吃亏。敏感这点我像我妈。

她永远会把我爱吃的留给我吃；
她到哪里永远都会想着这个东西我会不会需要；
她坐公交车永远都会让我先上、先下。

我也从小就是个敏感、懂事、善良的孩子，
其实这样的性格最后只会苦了自己。

所以那么多年，为了能不让我妈吃亏，基本家里大大小小社交的事都由我来处理。也之所以，我性格强，我不喜欢把不好的、不开心的告诉别人，选择了自我消化。那是这么多年来，不希望我妈担心练出来的。

练就了一个开朗的皮囊，以及很强的逻辑思维和执行力。因为只有这样，才足够强，可以处理事情，以及在社交中讨巧，才可以有足够的能力保护妈妈、保护自己，才可以有足够的能力让自己生活得更好。

别人只会看你外壳是否华丽，来决定是否接近你，是否给你互相的利益。所以那些包装下的样子只有自己最清楚。

很多时刻，

你不确定是在哪一刻产生的化学反应。
很多事情都是潜移默化的。
累积，
变成最终的你。

因为社交能力强，外加形象还不错，大三、大四的时候，家里的电脑、我爱的相机，以及购买衣服的生活费，基本都是做各种礼仪兼职所得。那时候还有酒吧充场，就是需要年轻的男男女女冒充客人去一些酒吧，显得比较有人气的样子，不需要和客人互动。之后还去过一个酒吧做驻唱，没有乐队，自己下载的伴奏，唱了几天，老板让我们去和客人互动，便不做了。不管是礼仪，还有酒吧，在那个时候，收益都还不错。

只是很晚，很累。

妈妈喜欢音乐，喜欢安静，也爱看书。妈妈喜欢邓丽君、梅艳芳、许茹芸等歌手的很多抒情歌，还喜欢那些很经典的英文歌。我妈至今仍然会写很多歌单，让我帮她下载，很多歌在我看来对她来说还是很潮的，《江南》《终于等到你》《我愿意》之类。文艺这点，我也像我妈。

有一次，我在上班时间，手上的珠串散了，我第一个反应就是打电话回家：妈，你在哪里？
我妈：在家，怎么了？

“我手串散了，你今天不要出去了。”
“好，你回家路上也注意安全。”

我爸的性格和我妈的完全相反。

我爸极其喜欢说，芝麻绿豆的事恨不得全世界都知道，而且一件事情要反反复复说无数遍。他性格很开朗，也有点暴躁、容易激动；神经大条，想到什么说什么；是非分明，对就是对，错就是错。我和我爸一样是左撇子，在表达能力，处理事情能力上，我和我爸是像的。

我很少去我爸单位。有一次，我爸给我打电话说，你明天来我单位，穿得好看点，最好化个妆。就像那次去参加某某婚礼一样的那个妆。
我第二天去他单位，他双手放后背，像领导巡视的样子，和每一个人说，这是我女儿。然后用命令口吻和我说，叫阿姨。
我甜甜地喊了一遍所有人，寒暄地说了很多话，打了很多招呼，哄了很多人。

很多时候，我爸就像小孩子一样。现在依然是，没有长大。他也是很爱我，只是很粗糙。

多年之后，可能年纪大了的人就对很多事情也不那么纠结和在乎了。我爸和我妈的关系缓和了很多，现在关系还不错。经常一起吃饭，一起旅游，生病了互相照顾。

每次去庙里，我一定会许的一个愿：家人和自己的身体都健康。

没有人一定有义务对另一个人好。所以我会对对我好的人好，而对其他人礼貌地回应。

感谢他们对我毫无保留的爱。

我要带他们走更远的路，看更多的风景。

家就是一个不管你有多累、多委屈，你都知道，有一个地方，那里是最安全、最安稳的。
家就是一个不管你走多远，都心心念念想要回去的地方。

时光你慢点走，
我愿用一切换你们岁月长留。

爸妈，你们要健健康康地陪在我身边，知道吗？

生活就是你所经历的样子

贪恋糖衣的甜，就得一并咽下眼泪的咸。

生活就是你所经历的样子

我不知道有多少人是满意自己的现状和工作的，我也不知道有多少人是真心热爱着现在正在干的事。

但对于生存在这个社会上的我们来说，工作确确实实就是一种生存方式，避无可避。

大四的时候，没有任何背景，靠的是简历投递，进了大家都知道的那个互联网搜索公司的招聘部实习。由于行业性质的关系，招聘部门有 7 个人，在一般的公司组织架构中，7 个人的招聘部算是人很多的编制了。

一周要进不管是职能部门还是 call center（呼叫中心）部门十多个人，刚进去一个多月的时候，就被当时的招聘主管说了一顿，说得极其严厉，极其狠，当时的我是被骂哭的，这是第一次因为工作原因而哭。向来性格坚强的我，是从来不让别人看到我哭的样子的。多年的思考习惯依旧还是反省自己有没有问题。

我至今在职场上的很多做事习惯是非常感谢当时那位主管的。就事论事，她能力很强，也特别会做人。偶尔会说一些“段子”，开开玩笑。除了做事效率高之外，很注重细节。一封邮件，主送谁，抄送谁，清楚明确。而且连附件的内容，她也会清楚准确地抓要点描述在邮件正文。那时候，这样的为人处世，我是远远比不上她的。

我一直不觉得自己是个有运气的人。买彩票没中过奖，刮发票也没中过，甚至那时候大家都中的康师傅“再来一瓶”，我永远都是“谢谢品尝”。所以基本需要刮奖的时候，我都避开。事已至此，我希望这些所有的运气，都积攒起来，遇到那个对我闪着光芒的人。

因为没有太多运气，所以，我是一个很向上的人，那种会很用力，很努力的人。向上生长的时候，当脚下的东西越重，你就得越用力。我不是那种因为重而肯让自己下滑的人。认真地做好一些事情，至少，对得起光阴岁月，对得起自己。其他的，就留给时间去说吧！时间是判定一些事情最公正的裁判，我们所做的一切都是在积累，然后等待爆发。

回头看看自己走过的路，想想自己坚持下来的初衷。对着镜子里的自己说：你要加油！

之后的几年又陆陆续续地进了一些不同行业的公司，摸爬滚打那么多年，以至于自己现在的情商已经足够高。那些努力也已经让我有足够的能力和思想。不管是专业上的，还是生活和社会上的。但是不管怎么生存，本性是不能变的。那本性是什么？比如善良。保持初心，不违背良心和善意，这个是我最基本的原则。

我们可以做到不虚伪、有原则和情商共存。

成熟就是和周围的人、和世界、和内心的妥协。
而这份妥协也是为了能更好地坚持，或者是为了更少地改变自己。

利益和初心，如果一定是对立的，哪个比较重要？

而你也一定不会变成你讨厌的样子，你变成的样子一定是你当初想要变成的。

初心和利益可以共存吗？
我的回答是可以。
只要你足够聪明，
足够强大，
而你的聪明和强大也正是为了更好地保护你那颗心。

贪恋糖衣的甜，就得一并咽下眼泪的咸。
生活远远比我们想象得要累。

其实，每个人走过的路，都是孤独的。
墨菲定律告诉我们："任何事都没有表面看起来那么简单。"
"所有的事都会比你预计的时间长。"

我们羡慕那些工作时间自由的人，

却没有看到，他虽然不用每天坐在办公室里打卡上班，却要每天24小时Stand by（准备行动）。

我们羡慕那些经理、总监高职位的人，

却没有看到他们背后付出的努力。

我们羡慕那些赚钱赚很多的人，

却没有看到，他们一次次cold call（陌生拜访）的被拒绝，一次次扫街扫楼遭受的白眼。

我们羡慕那些作家的光环，

却没有看到，他们多少个日夜，你们都在被窝里的时候，他们在伏案写作。

我们羡慕一个个背包客，

却没有看到，他们背井离乡的别离，他们是如何一个人面对孤独、失落，以及那些个晚上流着泪的失眠的漫漫长夜。

你可以承受那一份孤独吗？

甚至

我们羡慕那些嫁入豪门的少奶奶，

却没有看到，她们为此要受多少委屈和冷眼。

我是个骨子里骄傲的人，很多和我熟的人都这么说过我。

很多人喜欢把自己调成闹钟模式，所谓的闹钟模式就是经常在朋友圈或者社交网络诉苦。而我是做事不喜欢把过程告诉别人的人。因为所有的事情过程一定是不那么美好的，都是辛苦的，我喜欢让别人看到我美好的一面。

我必须努力，才能在结果出现的时候，让人看起来毫不费力。

我不喜欢有些人很清高，这个看不惯那个看不起，只是过着嘴上清高的日子。
说着自己过得多好的人，真的过得好吗？
又或者你的清高，是要你父母为此付出多大的代价。

有一天，和我爸打电话，他说：某天看到以前超市工作的同事，晚上在欧尚门口摆地摊，卖女性内衣内裤。那同事看到有认识的人，一开始假装没看见，后来我爸喊了他，他还是有点羞涩地打招呼，然后又似乎想解释。我爸在他说话前说：蛮好，晚上出来赚赚钱，这个社会赚钱都不容易，能赚到就好。

或许，我们的父母，都不容易地干着各种辛苦的工作，只是他们没有说，因为难以启齿，因为要面子。

我特别尊重能低头的人，低头是为了看清脚下的路，是为了更重要的东西。

很多人会看不起一些商务模特，
可是在我看来，那些人也有付出。
不偷、不抢、不违法，凭着自己的本事赚钱，然后凭着赚的钱做自己想做的事，离梦想越来越近、过自己想过的生活。

有什么不好？

人生有很多个阶段，
某个时刻短暂的低潮是为了下一个高潮的到来。
很多事情都是暂时的。

我在意的是结果，
生活不止眼前的苟且，
还有诗和远方的田野。

没有钱，又哪来的诗和远方。

如果结果是好的，那么过程多辛苦也无所谓。

演员人生

演员呈现出来的角色，

到底是设计的人设定位，

还是真实的性格流露。

演员人生

进入综艺圈算是个意外，也算是蓄谋已久。你永远都能遇到和你是一个世界的人，不是吗？其实已经过了最好的时间。但是只要你想做，很多事情永远不晚。

我也不喜欢波澜不惊的人生，那是无味的。我更希望有乐趣和不同的人生体验。

由于爱交友，平时又爱看各种综艺节目，所以当看到朋友圈的人发的节目信息就向节目组提交了报名申请。我自认为聪明伶俐，并且多多少少有点期待意外爱情的出现。很容易分析知道导演要什么，虽然没有任何经验，好在也算是过了面试。

我是个不准时，稍微会迟到的人。因为是第一个节目，比较重视，某个工作日，也是早早到了。一般的综艺节目，一天都是录两场，也就是可以播放两个周末的量。所以，化妆和等候的时间特别的长，尤其对女生来说。期间和其他嘉宾聊天发现，原来很多人都是模特和演员，有正常工作并且无任何经验的也就只有我了。

所选的衣服其实也是不合适的，台下候场的时候把所有的流程都过了一遍，上场的时候还是能看得出紧张的。不过似乎后台反馈下来还不错，落得个“小胡杏儿”的名号。

我第一次知道原来综艺是这样录的，原来我们大半天，五六个小时的等待和拍摄最后会被剪成15～20分钟的时长。原来说这些话是可以留的，原来一些表达方式是会被剪掉的。

之后所有的综艺节目都是源于这次，被拉到各种综艺节目群，也认识了全国各地的嘉宾们，并成了好朋友。

在后台候场的时候，和一个1997年出生的小网红模特演员妹子聊天。我说：如果十年以后，就是你是我这个年纪的时候，是不是还会继续这样的生活？
她说：每天跑也很累，看情况吧，如果那时候还是没混出什么名气，赚得不多的话，可能就会正常回去公司工作。

所以，我们每个人都是这样过来的。年轻的时候追梦闯荡，长大了以后寻求安稳安定。

生活就是跟着自己的心，在你合适的年纪做合适的事。

单身战争

遇见心动的人，多一点坚持和相信，就可能成功，一起走到最后。

——岑俊义

单身战争

11 月的北京，雾霾严重，零下八度，对于在南方生长的我来说极其寒冷。我的支气管炎和哮喘并发症与各种消炎药抵抗了一周依然顽强地存活着。

很荣幸被选为 700 个样本中的一个。这是一个大型恋爱实验的真人秀，控制变量，选择了每期 100 个定量作为研究对象，以节目的形式出的报告。作为逻辑理性选手，不是拍导演马屁，这个形式超喜欢。

编导们为了强调真实性，所有和节目有关的细节、流程、规则，嘉宾们一无所知。又是新节目的形式，没有任何可参照性。

对于不可控性和未知性，我总是有焦虑和不安感。

这个场面是壮观的，100 个嘉宾，100 个摄影、摄像师，男女嘉宾分开住。
周边没有任何商业设施，我们相当于封闭的集合。

22 日那天被告知 5：30 起床，造型师和化妆师一个个走进房间为我们化妆。

情感节目里的嘉宾永远是任人挑选。

节目环节设置了 6 轮，从不同的角度调查不同性格人物的爱情观，以及设置障碍下的人性。

相比日久生情而言，爱情在这样的节目里更偏向一见钟情。

很多人肉弹幕都攻击了第一期的 38 号嘉宾，
但是对我而言，他的做法，如果出于游戏的玩法是对的。

十万元是他来的全部意义。

有人冲着爱，
有人冲着钱。

只要我们清楚目的，
本身就没有对错。

而作为 90 号女嘉宾的我，还是压抑了自己的性格。
因为我知道在我们这期的样本性格里，高调一定死得早。

所以选择了一个很保守的玩法，
就和我的结局一样。
为了避免结束，我避免了一切开始。

也特别感谢导演最后给我配的文字：

爱情有时候不需要理性分析，遇见心动的人，多一点坚持和相信，就可能成功，一起走到最后。

岑俊义说：你就是很理性的人啊，字是我亲自写的，这也是我想对你说的话。

感谢。

但其实我不是个会拒绝经历的人，
因为所有的经历都可以让我们的人生，
熠熠发光。
但是我是个会分析利弊的人，
我选择的经历，
所产生的结果，
一定是我可以承担得起的。

而我的结局，
能在第六环节和何老师面对面，是我来的意义。
我要为此来保全自己留到这里。
我是何老师的理性“小迷妹”。

最后我决定放弃，
对于我而言，这是个最好且最漂亮的 Ending（结局），
我的判断是对的。

因为我们需要预判，然后需要适可而止。
所有的关系和事情其实都需要适可而止。

当一段感情或者事情会往不好的方向发展的时候，
我们是否能有足够的洒脱去说再见，而不是彼此撕扯。

有些事情要见好就收，
不能没完没了。
就像蔡康永结束了“康熙来了”一样。

回看第二集的“单身战争”，特别喜欢64号女生，敢爱敢恨。

终会有一个人，你在人群中，见着他，会觉得他闪着光。
心动男生在第二环节给淘汰了，
她自杀式的发言，赢得了一个心仪男嘉宾的拥抱。

输了你，
赢了全世界又怎样?

我不要全世界，
我只要你。

从他们的眼神里，我看到了爱情原本的模样。
像是大学校园的爱情，
清澈、干净。
所谓爱情，就是在某一个瞬间的电光火石。

另外，想特别对我们第一期的陈恬说一些话：

亲爱的，你足够好，
飞蛾扑火没有不对，
只是比较容易受伤。

我们总是开始的时候经常猝不及防，
结束的时候遍体鳞伤。

你这样的姑娘，
找到对的人对你来说极其重要。

因为你找到对的人会幸福无比，
但是错的人会伤亡惨重。

但是你还年轻，
你可以去体验更多的可能性，
你可以受伤，
只要不死。

其实我特别羡慕你们这样的人。

爱情就应该是一个冲动的事情。
但是你必须为自己的冲动埋单。

节目几乎录制了24个小时，

抵达酒店的时候，已是第二天凌晨4点半。

一夜未眠。

Chapter two

成 长

给 28 岁的自己

每一件事情都有它发生的意义。

有些人的丢失告诉我们怎么去面对爱情；有些亲人的离开教会我们珍惜和坚强；有些朋友的走散让我们接受告别；有些经历让我们学会独立和责任。

有些故事让我们看到生活的可能性，有些故事让我们接受不同的存在形态。

他们教会我们成长和生存，

他们教会我们用勇气和初心对话。

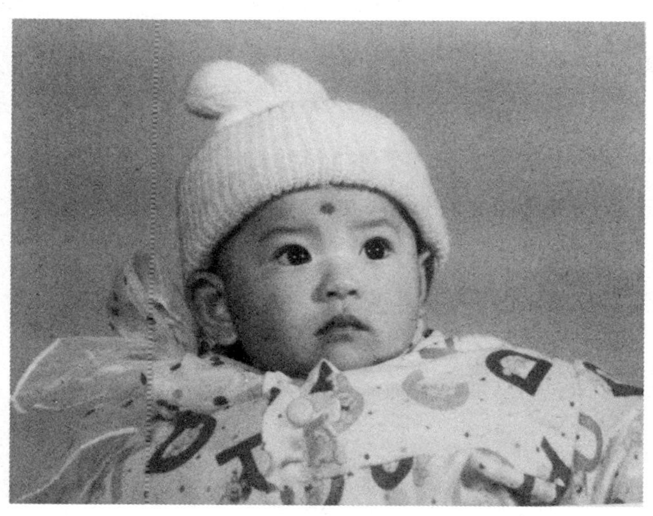

给 28 岁的自己

以前，

我们勇敢倔强，
我们单纯无畏，
我们傻里傻气，
我们天不怕地不怕，
我们为爱痴狂。

直到，
一次次地，
我们经历失败，
我们面对失去，
我们痛苦失恋，
我们痛哭流涕，
我们被生活磨平棱角，
我们学会生存的方式。

我们，
不断去对抗；
我们，
产生无数种可能性；
我们，
彷徨拉扯；
我们，
明白了需要的情怀和温度；
以及
背后的责任。

28 岁的我们，
已经没有那份勇敢和冲动。

我们小心翼翼，
我们理性谨慎，
但我们依然继续走向未知的旅程，
不辜负那个心里干净的自己。

你想念那个心里倔强的小女孩吗？

然后摸摸她的头，
和她说：
Hi，你过得好吗？

请相信，

试着去找到正确的方法，

所有的努力和坚持最终都会有回报。

感性还是理性

感性和理性，

一个控制着大脑左半球，

一个控制着大脑右半球；

男人理性居多，

女人感性居多。

感性还是理性

我是个理性的人，

所以理性可以在大多数时间控制自己何时去感性。

可是偏偏有时候，感性会强势挑拨。

两种类型的情话，我是完全没有抵抗力的。

一种是

以后的以后

都在。

另一种是

逞强完了没有

快过来。

一种温暖，

一种霸气。

无法忘记一个旧情人，
要么是时间不够长，要么是现任不够好或是单身。
除非强迫自己活在记忆里。

对了，
还可能是另一个原因——
老了。

一直听人说，
年纪大的人总是容易念旧。

我明白，
太放不开你的爱，
太熟悉你的关怀，
分不开
想你算是安慰还是悲哀。

有种回忆叫难以释怀，
我特别不喜欢死缠烂打这个词，
可能当事人是被打扰的，
但是这个行为的背后，
是有多少的不舍和留恋，
以至于理性控制不了尺寸和影响范围。

谁说这样不伟大呢

所有对的东西，我们不需要极力去证明和辩解，若干年后，好的坏的，时间都会来证明。

我们唯一需要做的，就是等待，做该做的，然后保持这份温和和善良。

谁说这样不伟大呢

我看到很多女孩，用一句当下流行的话来说就是，明明可以靠颜值，却要靠努力。她们告诉我，越努力越有气场。

我的朋友 S，在一家外企工作多年，做市场数据，2014 年的冬天，辞去了在很多人看来稳定的工作，然后休息了大半年。当所有人都着急催她找工作的时候，她减了肥，做了一份第二职业，开了一个订阅号，看了 7 本书，去了很多城市旅游。

每个人多少都会有些执念在别人看来是浪费时间，
但自己却觉得很重要。

父母们会催促我们，早点结婚，毕竟是女孩子嘛。
朋友们会告诉我们，女生年纪越大越不值钱。

你的那些所谓的兴趣爱好更多时候在他们眼里是不值一提、不思进取，甚至是长不大的表现。
无法即时带来经济利益的，和结婚生子无关的，似乎就是瞎搞。

但是，子非鱼焉知鱼之乐。
他们可能是对的，但不是适合我们的。

韩寒说：听了那么多话，却依然过不好这一生。
我们会选择适合我们的，我们很清楚我们要的是什么。
但这绝对不是独断独行，我们会听别人口中的建议，来增加经验和判断的依据，适当地去修正自己。

所有对的东西，我们不需要极力去证明，若干年后，好的坏的，时间会来证明。

我们唯一需要做的，就是坚持，然后等待。

同时，保持温和与善良。

即使犯错，迷路走错，因为我们还年轻。只有经历了，我们才知道自己到底要的是什么，哪条路才是对的，哪条路通向哪里，人生究竟是一条怎样的路。

只是我们需要勇敢地走下去。

我不会拒绝一些经历。

选择你所能够承担的，然后往前走。
可能会很辛苦和痛苦。
有痛苦，有冲突，才能超越，

就像剧本，冲突的部分一定是最精彩也是最精华的。

做一些以前自己不会做的事，
爱一个可能没有结果的人。

有多精彩，就有多风险，
我不希望回忆起那些记忆都是惨淡无光，结满蜘蛛网的。

只有内心丰富，
才可以让人生开出花朵。

人就应该活得热气腾腾。
我打心里也不觉得自己是个太安分的人。

现在我依然在认为以前的我太简单。

我始终觉得，一个人的经历是重要的。这决定了你的成熟度、责任感、宽容度和认知度。那些东西会让你的生命更精彩、更深刻、更立体，就像逆光打过来会将身体的轮廓更清晰地表现出来。

但是有时候我也清晰地觉得，这些品质在男人身上体现会更好。
于女性却会更辛苦，更难嫁，苦了自己。

初老症

30 岁的我们已经不再年轻，

到了初老的年纪。

初老症

某天妈妈问我，有没有什么好听的老歌，我推荐了《偏偏喜欢你》《祝福》《一路顺风》《一生中最爱》那些年代的歌。

然后，就听哭了。

陷入那些听这些老歌的时光，以及歌词的内容。
敏感的人总是容易一头栽进某种自我编织的陷阱里。

想起前段时间看到网上的一个帖子：老了就是以前都是你妈妈喊你穿秋裤，突然你不用她说就会自己穿了。

初老的我们，开始注重养生，小腹渐渐有一摊肉，偶尔熬个夜就觉得累，拒绝加陌生网友，懒得交新朋友。

一直以为自己都年轻，突然在某一天醒来的某个瞬间发现自己老了，这个时候你是会笑着回忆，还是莫名留下眼泪呢?

间歇性心理低潮治疗处方

以下是我的诊断治疗处方，可循环使用。

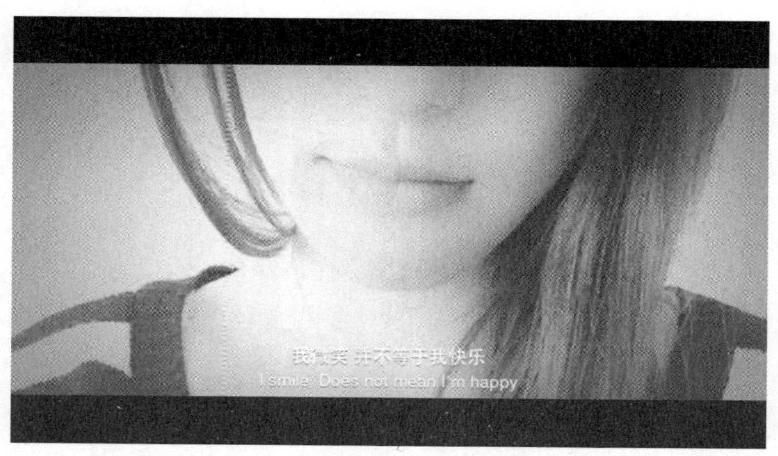

间歇性心理低潮治疗处方

可能是换季的关系，又或者只是因为到了一个周期，也许可能只是单纯的因为缺少睡眠。有些时候情绪会比较低落，我把这叫作间歇性心理低潮期。

一些不怎么听话的小情绪，时常会出现在生活的空隙，零星的片刻里。

有时候又会因为下雨而产生情绪，不知道为什么，倾盆而下的大雨，总会让我有种世界末日的不安感。

大多数女人感性的时光和频率远远高于男性，女人是容易产生情绪的，所以大多为爱不顾一切的飞蛾扑火都发生在女性身上。

这种情绪复发周期基本是 2 ～ 3 个月一次。复发时，没有其他方法，只有乖乖地接受这种状态，任它任性吵闹，就像一个孩子一般。持续时间为 3 ～ 12 天，自然会过去。时间上当然也会根据你最近的生活状态延长或缩短。

对我来说，一个比较有效的方法就是晒太阳，光合作用会让我有和植物生长一样的愉悦感。

还有最重要的一点就是，学会和自己相处，尊重并顺从你的感觉。

这个时候，
手机关机或是开启飞行模式，
去一个街角的咖啡馆，
喝一杯淡淡的花茶，
抑或是在冰箱里等候多时的啤酒或者水蜜桃味的 Rio（锐澳），
又或者是干脆把自己整个人扔在床上，
吃很多很多甜食，
看着电视里无聊的节目，
消化一大包热量巨高的薯片，
都是一种可以选择的治疗方法。

那些情绪需要自己控制和消化，此刻也不适合做任何的事情或者决定，
聆听内心，不去社交，学会和自己相处，温顺地安抚它们。

以上是我的诊断治疗处方，可循环使用。

这是最好的年纪

不早不晚，

刚刚好。

这是最好的年纪

有个朋友乔同学，是个极其洒脱的人。曾经做过很多事情，包括创业。他赚到一定的钱就去旅游，去学他所爱的西点，再回来继续工作，上通告。甚至有时候旅游到没有钱买回程的火车票，后来用在街上乞讨所得的钱买了一张回上海的火车票。

我问他，你不觉得这样对身边的人，对父母，多少有一点点不负责吗？
他回答我：不是一点点不负责，是很不负责。我以后应该也会结婚生子，就会束缚和牵绊，精力也没那么多了。想过的日子、想做的事，现在如果不做，等以后结婚生子后再做，那才叫真的不负责任！

每个人的成长情况都或早或晚有所不同，
很多事情，对我来说，现在这个年纪刚刚好。

不要等到我们有很多的包袱，任何一件事情或者决定需要思前想后的时候。那时，才是真的力不从心。

刚步入社会的时候，不知道自己要什么，适合什么。遇事容易焦躁，容易有情绪，多少还带些矫情和无病呻吟。
以前的我们，是年轻的，亦是美好的。

现在的我们，工作了多年，有自己的存款，有独立成熟的思考模式。能干想干的事，去过了想去的地方，看过了想看的世界，能买得起一些想买的东西。
该理性的时候理性，该热情的时候热情。适合尺度地表达和说话。理智又善良地思考和行动。能控制自己的情绪，考虑别人的感受。

既有了岁月带来的成熟度，
对这个世界与社会的认知度和宽容度，
不像刚毕业那会儿那般稚嫩。

又有了适当的冲动和勇气，
却没有那么多的束缚和牵绊。

不早不晚，
刚刚好。

大人们的爱情

演技越好，离幸福越远。

大人们的爱情

如今即使我们用力，
也不知如何去爱，
或者说不敢去爱，小心谨慎。

医学上有一个解释，叫 PTSD（创伤后应激障碍）；
心理学上有一个解释，叫条件反射。
因为受过伤，于是大脑应激产生自我保护。

我怕如果一个人走进自己的心里，
当他离开时，
我的心里和习惯里只有他。

因为害怕受伤，
所以把自己包裹起来，
假装不在乎，
假装无所谓。
我明明在乎，

却装得不屑。

这样不容易受伤，
即使伤了，
别人也看不出。

长期包裹自己习惯了，
已经不知道自己真实的样子。

演技越好，离幸福越远。

就连互联网也因为我们而变得胆小谨慎
没有了“最近访客”这个功能，
我们即使去定期查看某一个人的状态，
那个人并不会知道。

每个人的坚强，其实都是用柔软变成的茧，
我们永远只会看到别人的坚强，
却看不到别人所受的苦。

我不怕我的人生很苦，
只怕最后那一些是不甜的。

我望你现在的生活可以配得起你经历的磨难。
如果没有，

至少你自己觉得值得。

我是很在乎结果，
不在乎过程的人。

人终究要还给自己一次独自旅行

旅行的意义，从来就不是享受，而是在充满未知的旅途中，感受和发现另一种可能。

人终究要还给自己一次独自旅行

作为土生土长的上海人，对上海这个城市是有挥之不去的情感和记忆的。温暖、平静、安心是每个人对于自己所生长的城市的情绪。

可是却有一颗不羁的心，从初中到大学都是在上海读的，从未离开，所以总希望有一天可以暂时离开这座城市。

去过很多地方和城市，国内的偏多。国内的很多线，我能去的，没有高原反应和安全问题的差不多都去了。因为性格随性的原因，办理护照需要提前很长时间，也就作罢，想出去便又换成去国内的某个地方。

走过很多路，最喜欢的还是北京，可能内心还是向往北漂和流浪的。

春天的北京，天气不错，没有雾霾，略微柳絮。

全程没有坐飞机，对于我这种极度恐高又没有安全感、不喜欢任何不可控因素的人来说，火车的着地感让我踏实，还可以看到除了云以外沿途的风景。

除了必要的生活用品之外，相机、充电宝、钱包、特定玩偶、笔、本子是包里的基础配置。

去程坐的是晚上的软卧，第一次坐软卧，由于缺乏常识，看电视剧过多。所以，对于卧铺的印象，停留在那种绿皮车，就像那些年代戏里，站台依依不舍的桥段一样。

软卧是一个四个人的封闭空间，陌生的人被关进一个独立的房间。乘客不多。

同行的女人是1982年的天蝎座，短发，江苏人，老公上海人，已婚未育，是出差去北京中转然后去保定。没错，我果然是做HR的。另两个苏州大学的学生苏州站上来，去北京看音乐剧。而隔壁的四个人看样子应该是一起出行。

当身体平躺之后，身体的触碰感更加强烈，放弃任何抵抗、毫无防备地把自己完全交给身体去感受这个世界。

车轱辘滚过铁轨的震动也感受得更为强烈，脑海中会想车厢会不会脱轨。

迷迷糊糊，没有睡着。

旅行的意义，从来就不是享受，而是在充满未知的旅途中，感受和发现另一种可能，找到和发现另一个自己。

旅行是为了迷路，迷路是为了遇见美好。

在看了 Airbnb（爱彼迎）和去哪儿之后，最终定了南锣鼓巷的一家青旅，140 元钱一天的床位对于青旅来说，显然已经是很贵的了。

选择这里的原因是靠近中央戏剧学院的一个边门。所以附近进出的人颜值都非常高。本来还盘算着溜进去听几节教授的课，结果因为进出学校需要刷学生证而没能实现。也只有在隔壁，很多中戏人吃过饭的叫景秀餐厅的地方过一回中戏的食堂瘾。

另外，一直喜欢住青旅的原因是，经常一个人出行，一个人住酒店未免太奢侈，有点浪费。

然而青旅，每天会进进出出不同的人，来了又离开，所有人都只会短暂停留，行色匆匆，从一个地方来，然后去往另一个目的地。

甚至会期待说，这个人走了，下一个住进来的人，会是怎样的，又会带着怎样的故事。是出差，还是自己旅行，从事着怎样的职业。

隔壁铺的女生，和我在一起三天，最长的是一个女摄影师，带着各种大大小小的镜头，还有电脑，她是约片各种写真，然后去不同的城市拍摄。

对门 208 住着一家老外，可爱的三个孩子，两个女孩一个男孩，经常听到妈妈在和孩子们说着我听不懂的话，应该是法语。

210 住着个帅老外，经常在公共区域打电话。有次路过偷听了下，应该是和女友。有天我刷完牙一回头，看到他洗澡出来，干净的眼神，完美的身材，金黄的头发，蓝色的眼睛，身上有水未擦干，穿着 CK 平角裤。我愣了半天，至今仍然清楚地记得那个样子。

在北京连续好几天的晚上，都去了后海的酒吧。其中有一天去了三里屯的酒吧，最终因为不喜欢那种闹又打车转战后海。

有一种莫名的酒吧情结，特别喜欢去有驻场的 live，又好像特别喜欢伴着音乐，酒精的微醺感。

其实我是那种喝一点就特别容易晕的人，一点点酒精就可以让我满脸通红。所以感谢上天经常让我有这种微醺感，晕晕乎乎的状态。
特别喜欢果味的鸡尾酒，以至于家里冰箱里经常囤着一排五颜六色的 Rio。上海没有后海，后来就一直去 tz、288、ohbar，甚至西塘那里的酒吧也去了很多次。

在一个没有记忆的陌生城市，旅行要的就是这种陌生感。抱着流浪而行走的心，我喜欢这种陌生感。
不知道会停留多久，不知道会何时离开。
我也没有给自己任何期限，没有买回程的车票。

对所有和我说话的人都是友好地点头微笑，不代表我们相熟，只是礼貌性地回应。

于我而言，当一段感情或者关系即将发生的时候，我会选择后退和躲避。或许是出于自我保护，或者已经懒得再去结识新人，交代人生。

旅行的愉悦感在于，你不需要和这个城市有太多交集，不需要去重新交代自己的人生，不需要附上任何感情和责任。似乎与一夜情有些相似，但是又不违背道德，也不触及感情和他人。

有的，只是对那个叫国民生产总值的数据的贡献以及那份探索的新鲜感。你知道你自己只会短暂停留，You will only stay，not live and leave。

这种安全感和新鲜感让我得到满足。

城市地图

世界不是苟且，
世界是远方。
行万里路，
才能回到内心深处。

——高晓松

我们就这样不断地去找回自己，
放慢脚步，
走走停停，
回过头，
看看身后的风景，
以及
身边的人。

城市地图

◎ 玉几岛

◎ 藏族同胞家

◎ 白塔

◎ 成都

◎ 天王宫

◎ 洱海

◎ 云南

◎ 雪山

◎ 靠近天空的青年旅舍

◎ 台北

◎ 台北

不完全社会法则

以下是我的不完全社会生存法则，希望对你同样适用。

我们为了到达终点，可以用更聪明的方法，

去选择一条更近的路。

我们让别人相处的更舒服，其实最终也是对自己最有利。

不完全社会法则

清楚自己要什么

你可以很清楚自己要的是什么，是什么样的人。喜欢什么人，不喜欢什么人。我最不喜欢两种人，一是特别利益化，凡事只看什么对自己好的人。二是忘恩负义，不懂别人的好的人。

把自己变成有趣的人

蔡康永说：你说什么样的话，你就是什么样的人。

清楚了以上的事情之后，可以让自己的表达方式更有趣。这样才可以让自己走得很顺，更有利。

什么是有趣的人

有趣，不是放肆大笑，也不是不知轻重地乱开玩笑，自以为幽默。

有趣，是能污也能深情，是一种自然而然流露的状态。和你的经历有关。

有趣的人，能不动声色、能处变不惊。

他们不嚣张但却有辨识度、有气场。

放低姿态

自恃过高、自命清高是很容易格格不入的，也很容易被攻击。且不适合社会生存和相处。

放低姿态去相处，自黑和自嘲是一种很好且很聪明的方式。

人真的不用活得太正经。

让别人和你相处起来舒服

怎么样的人会比较受欢迎呢？

不经常去麻烦别人。

考虑别人的感受，相处起来舒服。

把握适当的尺寸。

长期保持互相的、偶尔能带来些利的状态。

经济学中说“人是各种社会关系的总和”。我们让别人相处时更舒服，其实最终也是对自己最有利。

以上。

我选择善良

我们不会去主动攻击别人，而是被动防御。

我选择善良

我特别喜欢看两种类型的电影，一种偏文艺，另一种偏剧情烧脑。喜欢玩各种桌游、喜欢玩逻辑游戏。点名几部：欺诈游戏、饥饿游戏、终极面试、盗梦空间、致命 ID、沉默的羔羊……

每次都会把自己带入角色，设想如果是我，我会怎么做。欺诈游戏里，无论是之前的哪一集或者哪一部，女主都抱着“善良不害人”的初心，达成各种联盟，无数次被欺骗，无数次失败，又无数次因为善良得到帮助和认可，最终化险为夷。

闪着光的那个东西，就是她一直坚持的善良。

我不认为我有足够的智商可以赢得游戏，即使我的逻辑性强。但是我不确信我的善良在真实的社会中能否换回回应和信任，因为一旦得不到回应，不被理会，被欺骗，我将一无所有，万劫不复。
我只知道自己，我不确定别人。
或许这是一种自我保护机制，不是主动攻击别人，而是被动防御。

但是我依然想用一点点自己的努力，去推动和拥有把社会变好的力量。比如，主动让座，扶老奶奶过马路，下雨天和陌生人共用一把伞，对送外卖的人微笑并说声谢谢，对陌生人问候早安。
比如写的这本书。

如同我在做的其他事情一样，我依然骄傲。

青春是一场不散场的电影

那些关于青春的记忆，我把它们称为旧时光。

你好，青春；

你好，旧时光。

◎ 通向青春的蓝色大门

◎ 那年夏天的田野

青春是一场不散场的电影

说起青春，每个人都有太多青春的记忆和故事。

一转眼已经那么多年，发生和经历的事情无法改变，我们也不再是从前的我们。

似乎青春就应该是如同《蓝色大门》里那样纯净的存在。

我在高中和初中时期，都是个乖孩子。学习委员、文艺委员、团支书，这些称号和头衔始终没和我分开过。

其实我没那么守纪律，老师布置的作业经常不交，因为觉得太简单、太基础，然后做一套套模拟卷、经典题。由于英语不好，语文、数学、政治及其他课的时间，有一半都是在整英语。硬生生把高三入学模拟考的 70 多分，拉到高考 125 分的分数。

由于学习成绩很好，所以老师基本也不怎么管，我和老师说：我有自己的学习方法。我会考好的。
那时候的我，就那么有个性。

关于学习，因为从小的观念是，只有学习好，才能改变自己的现状和生活。所以一直很认真、很努力，只要我想做的事情，基本都可以做到。
我一直说我是男孩子的性格。

记得初中的物理课，老师说凸透镜成像，有聚焦功能。理论要通过实践来证实。于是透镜透过阳光，把老师头发点燃了。

嗯，真的有聚焦功能。焦点的温度特别高。

一直抱着整个高中、初中时期都不谈恋爱，要好好读书的原则，高中的时候班级的某个男生好像喜欢我，并且整个班级的人都知道了。某次物理课，被老师点名去黑板做题。
然后老师还要喊一个同学上去做题，其他人纷纷起哄喊那个人的名字。最后，就一人在黑板这头答题，一人在黑板那头。下面是此起彼伏的咳嗽声。

初中和高中那会儿，我们喜欢或者被喜欢都是因为类似的细节。
比如撞翻了在桌角的书，打篮球的时候很帅，成绩好是某学科的课代表，一起抢“三八线”。

关于青春的故事永远是疼痛的。
如果关于青春的故事是：
罚站；
罚抄；

代签名；
写检查；
早恋；
篮球比赛；
打群架；
分手。

那么，我的初中高中时间段，并没有经历和发生这些。我似乎是看着别人的故事，以一种半游离的状态存在。

关于青春的记忆，又有太多关键词。

光明棒冰、跳跳糖；小霸王学习机；《还珠格格》《流星花园》《星语心愿》；林志颖、小虎队、张信哲、周华健、周杰伦、萧亚轩、周蕙、苏永康；《因为爱所以爱》《吻别》《氧气》《同桌的你》《情非得已》……我似乎一下子想到太多，想都表达出来。
太多碎片承载了我们当年满满的记忆和快乐。

一下子就暴露年龄了。

这个夏天，再也没有在弄堂口看到卖西瓜的小贩，他用他单方面的行动宣告着这个夏天的结束，犹如时间单方面宣告着青春的结束一样。

我们的青春记忆里，藏着那些永远不知道结局的故事。

就像杉菜和道明寺、静香和大雄、小丸子和花轮、樱木和晴子、柯南和小兰、志明和春娇、程又青和李大仁。

我遇见谁，
会有怎样的对白；
我等的人，
他在多远的未来。

那些在青春里爱过的人，我们轻轻地叹息一句：我们要相互亏欠，要不然凭何缅怀。唯愿天各一方，互相安好。

那些关于青春的记忆，我把它们称为旧时光。

青春就是，
当我们回忆起来，红着脸又红着眼，牛轰轰的时光。

一个法官的梦想

内心忠贞的人最终会得到忠贞的回馈，

勇敢的人也会以勇敢来收场结尾。

一个法官的梦想

TINA 是我的初中同学，和我认识 18 年。初中四年，高中三年。上了大学后由于不再是一个学校，我和她一直保持着不远不近的关系，偶尔联系着，但却不频繁。

2010 年大学毕业后联系就更少。她那些年都不用任何社交软件，QQ、微信、微博，她都不用。我们的联络方式，一直是固定电话和手机短信。某一天因为看电视的关系，突然想起了这样一个人，我甚至不知道通过那个号码还能不能联系上，但在发出的不到六十秒后。她回复过来：你加我微信吧，就是我手机号码。我现在用微信了。

消失的这些年里，她按照时间线，先后考了研究生，之后做了律师，然后考了检察院，现在是法官助理。

她说：我不是从我们初中那会儿就喜欢看《创世纪》吗，我一直有一个法律梦，可以伸张正义，为我认为正义的东西发声。

有时候觉得，你们大家都上班赚钱了，我却还在读书考试。我觉得会不会对不起父母，会不会到头来什么都没有。但是不坚持，我怎么会死心。

《霸王别姬》里的程蝶衣不疯魔不成活，太执着的人结局必然不会太好。很多人的选择是在若隐若现中的左右徘徊。

我说：梦想是要有的，人毕竟还是要生活。所以我一直在找平衡点。我很敬佩你，因为我没有你那么洒脱。

所谓明智，就是不去做不可能、不合逻辑的事。现代社会人人都在寻途径，找到自已合适的位置到目的地。避免落到一个自己痛苦、别人嘲笑的地步。

所以我给了自己一个七年的期限，2014 年的时候读完了研究生，进了律所，我发现律师并不适合自已，要到处去拉项目。我不喜欢这种奔波的生活。毅然辞职，开始考检察院，检察院没过，在期限的最后一年，考进了法院。

我温柔地看着她，等着她继续往下说。

现实的和想象的，还是有些差别，但是这也算是我想要和喜欢的。

所以我开始用了朋友圈，在我不成功前，我是一个不喜欢把状态表露的人。正是因为现在的一切是我喜欢的样子，我才愿意去告诉大家。

她说：很多人结婚早，生了孩子，似乎也过得并不差。但是我并不是一个喜欢妥协的人，所以我依然喜欢我现在的生活。

其实很多活法都是可行且合理的，没有对错。
因为这个世界同一个事情可以有不同的存在形式，每种都是合理的。而那些表面耀眼的生活状态是因为他们坚定、勇敢、强大。

有些故事让我们看到生活的可能性，
有些故事让我们接受不同的存在形态。

内心忠贞的人最终会得到忠贞的回馈，
勇敢的人也会以勇敢来收场结尾。

活在内心深处那个顽固的自己

梦想就是

我们心甘情愿。

活在内心深处那个顽固的自己

生下来与生俱来的局限性，构成了梦想。

我有一个朋友，一直不太熟，直到有一天我转发了一条关于梦想的朋友圈，他在下面留言：梦想是什么，我早忘了。或许胆小的我已经不敢奢望还有梦想的存在，就让它消失吧。

当生活狠狠地拍了梦想一巴掌的时候，
我们是妥协放弃还是坚持执着。

想起来我最早的梦想就是主持人，因为可以说自己想说的话，表达自己想表达的内容。
或许最早的希望也潜移默化影响着所有的行为，我不是个甘于平淡的人。我是一个想要表达、敢于说话的人。

有些人的梦想是做飞行员，然后一直很喜欢买各种遥控模型。
有些人的梦想是开一家很大的超市，这样就可以随意拿自己喜欢吃的东西了。

有些人的梦想是要出专辑，于是“全民 K 歌”“唱吧”上面传满了歌。

有些人的梦想是想要环游世界，各地都是他的足迹。

有些人的梦想是变成超人，然后总想着有一天被雷电击后变身。

有些人现在的梦想是世界和平。

你还记得你的梦想吗？

那些梦想

就这样

淹没在岁月里，

吞噬在时间的长河里。

阿信说：人如果没有梦想，和咸鱼有什么区别？我们的那些梦想，最终被现实吞噬。是现实太残忍，还是我们不够强大？

梦想是什么？

梦想就是如果你不能放弃，

那就用力去让别人知道它的存在。

梦想就是

哭着，流着泪，但又从心里觉得是幸福的事情。

梦想就是

我们辛苦，

但我们心甘情愿。

我们在这个大大的世界里，小小地努力着。

亲爱的我们，
请不要让我们的青春就这样死了，
请让它还一点点侥幸地存在。

走过的路，叫故事；
走不到的，叫憧憬。

鼻青脸肿地哭过，
若无其事地忘记。

一次次，你吞下了眼泪，
一次次，拼回破碎的自己，
一天天，你是否还相信，

那个活在内心深处，
顽固的自己？

和一个姑娘的聊天内容

我们交换故事吧，我可喜欢干这事了。

希望你遇见的都是你喜欢的，

希望你得到的都是你想要的。

和一个姑娘的聊天内容

某节目的同期嘉宾里，我有一个很喜欢的女孩叫田田。

我说：所有姑娘里，我最喜欢的就是你。
然后我们聊了对于一些人性格的看法并进行分析之后，
她说：所有的嘉宾，就你一个明白人。
我说：我们交换故事吧，我可喜欢干这事了。

她说：我以前有个男朋友，大我5岁。对我特别好，那是我选择的一段理性的爱情。我们互相为对方付出了很多。我本来有戏要拍，是要去跟组的，但是他觉得演员这个职业不好，我为了他没去拍戏，选择了继续留在北京，继续在传媒大学读研。他本来有一份工作是需要离开北京，但是他为了不变成异地恋，然后放弃了那份工作。

我说：后来怎么了呢？
她说：后来散了呗。

我不想细说他们结束的原因，我只是想用一句话来总结几乎所有我见到过的爱情的结局。

其实爱情结束无非就是两个人走的步伐不一样，
一个人跟不上另一个人的步伐，
一个人选择了停留，
一个人选择了不等待，继续往前走，
然后走散了。

她说：我谈过很多男朋友，我是个很难把自己交出去的人，但是这是唯一一个我愿意把自己交出去的人。
我说：我也是。
我说：我是个不太容易表露自己情感的人，我也不太容易把自己交出去。因为我不知道别人，我只能知道自己。

她说：我以前高中的时候，还被人谣传做陪睡。
我说：为什么？
她说：我去参加全国模特大赛，然后得了奖，别人觉得你凭什么。
我说：那是嫉妒。

她说：我们特别见不得身边的人好，正因为是身边，我们会觉得她和我们差不多，她凭什么。但其实，并没有差不多。而所有的嫉妒都是自己无能的表现。

我说：做好自己就好。只要结果是好的。

我不记得我们那一次的聊天是以什么结的尾，又好像是谁走开了做一件什么事情，还是谁觉得没有聊下去的必要。

这篇的最后，我想以你的一句话来结尾。

希望你遇见的都是你喜欢的，
希望你得到的都是你想要的。

坚持的理由

努力不是因为我想赢，

只是我倔强，

我不想输。

坚持的理由

我是个向上的人。

努力不是因为我想赢，
只是我倔强，
我不想输。

因为你的努力程度，
决定了生命的状态，
以及生活的质量，
还有在你身边的人。

有时候，
我们的坚持
就是为了一个理由，
或者一个人。

而一个人的努力
是为了另一个人的心愿。

横向化关系

因为社交网络的发展，从人人网到开心网还有 Facebook（脸书），从微博到微信，我们的关系越来越横向化。

横向化关系

这些年里，人与人的关系，依旧基本还是没变。爱、不爱、结婚、不结婚。多少人擦肩而过，多少人休息停留。我们的通信录又不停地删除和增加了多少人，多少人从置顶聊天变成了黑名单。

又因为社交网络的发展，从人人网到开心网还有 Facebook，从陌陌到摇一摇，从微博到微信，我们的关系越来越横向化。

孤独
是社交网络的需求点和驱动力。

想找到一个人是件很容易的事，朋友的定义也越来越不明确。
看了看微信 730 多个好友，又有多少是真正在乎或者熟悉的。

我对于交朋友这个事情，大致划分为下面三类：
第一类是利益驱动，这类朋友和我工作相关的有直接联系，以及单向或者互相的需求关系，联络不多，有事说事。
第二类是社交需求，这类朋友是我需要沟通聊天以及娱乐方面的伙伴，我会和他们聊兴趣爱好，对一些事情的看法，以及互相之间遇到问题时需要沟通，或者就是纯娱乐。
第三类是情感需求，这类朋友完全不是以上两种，对我完全无益，而且其实会有冲突利益，我是付出的。也几乎无类似兴趣或者娱乐爱好。仅是情感需求，认识多年，即使很久不联系，只要需要，我依然可以找到他们。

这个世界很大，大到一个转身就会消失在人海里。
这个世界很小，我们经常在自己的朋友圈里发现，原来你们也认识。

有一天，和一个朋友聊天时，已经不记得聊起什么了，她说：×××你要小心，我现在不和她联系了。你说怎么有这种人，我当她是好朋友，我和她说的事，我让她不要和别人说，她都告诉别人了，而且还添枝加叶。表述的时候还是略带气愤。我当时安抚她说：不要联系就好了。

其实，有些事情，如果你认为是秘密，你不想让任何人知道。那么，就请不要告诉任何人。当你告诉别人的那个时刻，你就要做好这不再是秘密的心理准备。

每个人都会在你的生命中，扮演不同的角色，因为不同的需求，出现在不同的时间点，存在即是合理。

当某一个阶段结束的时候，他们离开你的时候，我们是否能够不抱怨、不解释，是否能潇洒地挥手道别，说一声再见？

不管是谁主动，谁被动地转身离开。

新年快乐

希望每个人的新年，
都可以活成自己想要的样子，
希望岁月不会辜负你的努力。

新年快乐

小的时候，认为 2020 年的汽车是在天上飞的，我们会变成很厉害的角色，或者我们会生活在某颗别的星球上，会有奇怪的生物出现，甚至我们可以植入芯片然后变身。如今 2017 年真实地存在于我们身边，真实得不敢相信。

成长的改变在于，
以前的我们经常说：以后怎样怎样，
现在的我们经常说：现在怎样怎样。

一个叫憧憬，
一个叫回忆。

其实长大后对过年没有太多期待，
因为过年本身就是一个回归的开始。
循环往复的过程，
从冬天回归春天，
人慢慢变老或者说是长大。

感恩遇见和陪伴，

希望每个人的新年，

都可以活成自己想要的样子，

希望岁月不会辜负你的努力。

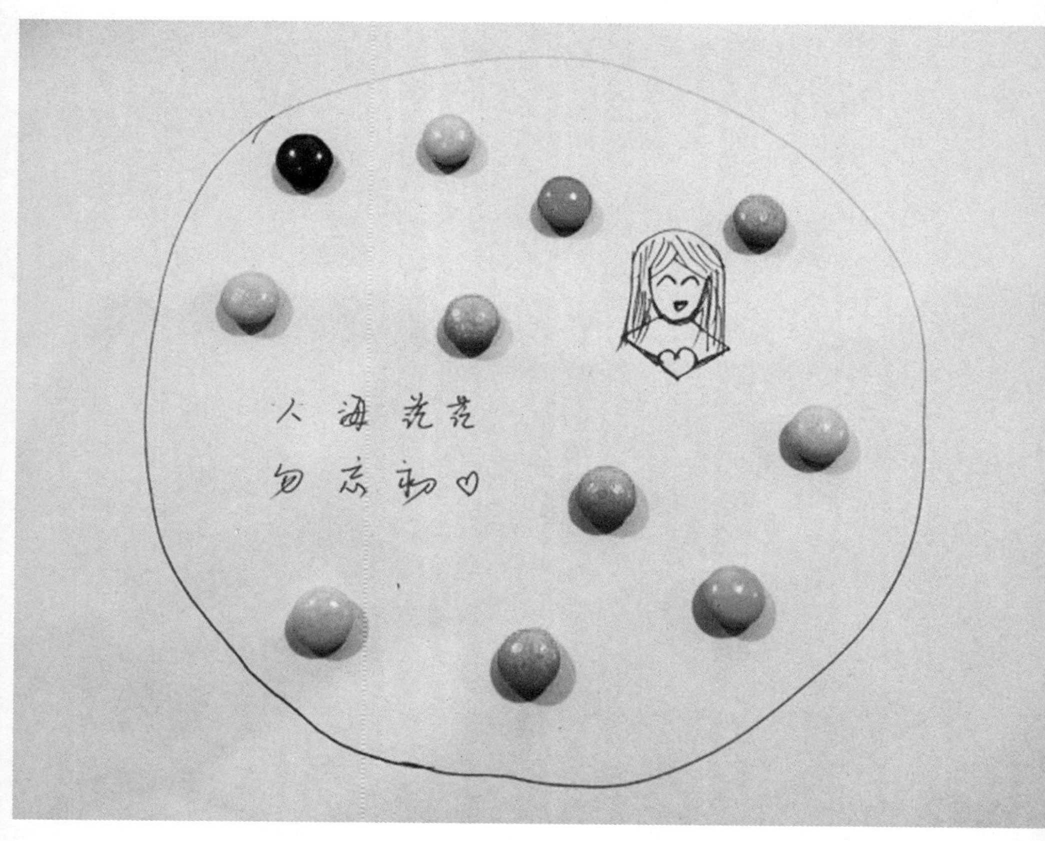
人海茫茫
勿忘初

Chapter three

独　处

一个人的演唱会

朋友圈曾经发了一篇孤独指数的测试，根据题目进行选择或列举，通过最后的选择得出自己的孤独指数。你的孤独指数是多少呢?

一个人的演唱会

朋友圈曾经发了一篇孤独指数的测试，根据题目进行选择或列举，通过最后的选择得出自己的孤独指数。

我已经不记得有什么选项了，我只想说自己。

一个人看电影，
一个人看话剧，
一个人泡澡，
一个人逛街，
一个人看病，
一个人吃饭，
一个人旅行，
一个人到处走走停停。

以及
又完成了一场一个人的演唱会。

出道21年，喜欢了15年。

对我来说，人生一定要看三个人的演唱会，

一个是陈奕迅，一个是五月天，另一个是刘若英。

奶茶说：

有人说，刘若英是怪人。

喜欢刘若英的人是一群怪人。

有多少人是一个人来看演唱会的，举手我看看！

你们这样是不对的，

你们这样是找不到伴的，

不对，

你们总会找到一个比你更怪的人。

奶茶说：

你还记得第一个爱你的人吗？

感情从来不是你付出多少就会得到多少。

你和你们的前任还有联系吗？

没有联系啊？

那是有多狠心啊！

曾经那么相爱的两个人。

在我们的生命中，

有些人留下来了，

有些人离开了，

有些人留在原地……

徘徊。

你寂寞吗？

关于孤独

其实孤独，

并非我所愿。

天空越蔚蓝，

越怕抬头看。

电影结局越圆满，

就越觉得伤感。

关于孤独

很多时候，我是享受独处的时光的。
另一部分的时候，也并非我所愿。

你不会知道，当一觉睡醒，天昏地暗，睁开眼望着天花板，那时的无助和孤独感。

开始不过节日，
因为节日只会让幸福的人更加幸福，
而孤独的人
更加孤独。

这个世界并没有人能感受你所经历的。
大风大雨里，依然期望有人可以突出重围，水花四溅，一把把我揽在怀里。
出门旅行时，依然期望重重的行李箱可以有人一把接过。
黑漆漆的夜里，依然期望有人可以陪我走很长的夜路，即使黑，但有你在身边。

想吃零食的时候，依然期望有人会在楼下给我打电话说，快下来拿粮食了。

所以，后来，
我学会了独立。
学会生病自己去吊水；学会自己去超市；学会一个人即使怕黑也咬着牙走很长的夜路；学会不怕淋雨；学会拎很重的东西到处走；学会自己拧开瓶盖；学会搬着机箱去修电脑，简单的问题就自己重装系统，排查解决。

被迫地学会了那些本来不想学会的东西。

我不是612号行星上的小王子，
我遇不到国王、商人、酒鬼、掌灯人、地理学家……
我也遇不到聪明的狐狸，告诉我，
如果你驯化了我，我们就会彼此需要。

你对我来说是独一无二的，
我对你来说也是独一无二的。
我只是希望，我是他唯一的灵魂。

《聂隐娘》里有一句话：
一个人，
没有同类。

独立生长

我不知道这是天性的原因，还是环境需求习得的能力，然后开始习惯。之后发现，对于怕麻烦的我来说，很多事情变得简单很多。

独立生长

我是个怕孤独，但又非常需要空间，需要独处的人。

这其实并不矛盾。

孤独是一种感情需要，

而独处是一种生活状态和方式。

每隔一段时间，我就会让自己回到一种平静且平衡的状态。我必须吸取能量和营养来让自己回归到最舒服和真实的状态，更好地生长。

必须。

就好像电脑，每隔一段时间，一定会卡，一定需要清理内存和上机油。

我们需要 F5 或者 Reset（复位）。

不想说话，不看手机，一个人和自己待会儿，发会儿呆，然后在虚无空荡中找回自己。

独立是一种能力，找到一个属于自己的空间，和自己对话。

我不知道这是天性的原因，还是环境需求习得的能力，然后开始习惯。之后发现，对于怕麻烦的我来说，很多事情变得简单很多。

我不需要去迎合和取悦别人，我不需要考虑别人的感受。我只在乎自己的感受，舒适地活在此刻只有自己的空间中。

有些人是在取悦他人，于是便在别人希望的样子中度过；

有些人是在取悦自己，于是以自己喜欢的方式生活。

我便在取悦自己和取悦他人中找到一个相对的平衡点。

当你走过的路越多，

你就会对这个世界越谦逊。

我喜欢那些眼神干净、温柔的人，

因为没有任何戾气。

我喜欢那些宽容自在、淡定从容的人，

因为越平静越强大。

内心强大的人，是面对一些事物发生的时候表现出的平静，

平静地接受。

没有人会承担你的痛苦，

你必须学会独自承担。

没有人能最终对你负责，

你必须了解自己真正的内心需求并对自己负责。

《山河故人》里，张艾嘉说：每个人都只能陪你走一段路。

《念念》里，张孝全说：人终要学会与自己和解。

失眠变成了一种习惯

我们的很多其实是很容易改变的，

并没有那么坚持。

其实这也是件好事，

人永远是在完善和改变自己。

失眠变成了一种习惯

我是个睡眠质量非常差的人，不是入睡时间长，就是醒了再也睡不着。

而且对于睡眠的环境也要求非常高，习惯自己一个人睡在床边上的小角落方达到让自己舒服的状态，不是这个姿势，一定是睡不着的。有时候由于长期睡不好，导致身体不适，作息混乱到要吃褪黑素。

常识告诉我，关灯有助于褪黑素的形成，可是不管开灯还是关灯，总是翻来覆去。失眠是件很折磨人的事。

夏天的时候更是，开着空调觉得冷，关了又嫌热。起了又睡，睡了又起。真的是作。

几乎被所有的相处过的人说：“想太多”。想太多其实不是我自愿的。
人最好让自己麻木，方能让感官愉悦。我羡慕那些粗神经的人。太敏感，其实是件不太好的事，容易忘记的人，是幸福的。

关于睡眠这件事情，我非常羡慕那些有秒睡技能的人。

虽然会理性分析，因为对女人来说，有些事情必须理性。这样对自己最好。

但是有时候又经常凭直觉。饿了就吃、渴了就喝、困了就睡。想吃的东西就吃、想出去就出去，似乎像动物嗅到了它想要的味道一般。

肆意地放任感觉而去。
然后生物钟就变成了习惯。

我们的很多其实是很容易改变的，
并没有那么坚持。
其实这也是件好事，
人永远是在完善和改变自己。

当你接触到新的东西，
你便会调整自己原先的认知和运行轨道。
那些关闭自己对外通道的人，拥有自以为是性格的人，其实只是固执
而并非坚持。

我们该不该坚持自己呢?
我的答案是：适当修整自己。

用一朵花开的时间

爱上一个认真的消遣，
用一朵花开的时间，
你在我旁边，
打了个照面。
五月的晴天闪了电。

用一朵花开的时间

时间一直向前走，
经历一直往后走，
变成结局。

我们的路
没有尽头，
只有路口，
只是不停地往前走，
偶尔回头看看走过的路。

在一个个路口，
选择我的方向。
是左转，
右转，
直行，

还是停留。

然后遇见不同的人，
变成一个个结局。

生活有时候经常会意外拐弯，
时而是惊喜，
时而是无奈。

我在机场等待一艘船

午夜电影和炒河粉

午夜电影和炒河粉

周末无聊的时候，什么都不想做，又无聊得很。便买一张很便宜、只有十几块的电影票。

我家附近的那家影院，本来人就不多，加上晚上 11 点多，人更少。我喜欢空空无人的感觉。

没有任何预谋和计划，直到电影开始放了，我还不知道内容是什么。

屏幕亮起来，一闪一闪的光打在脸上的轮廓，连我自己都能清楚地感受到。

散场后走过马路，在深夜的大排档点了个炒河粉。

略咸。

味道不错。

炒河粉散发的热气和着空气中的油烟味，以及“滋滋”的翻炒声。

这是怎样一种味道?

师傅不停地在翻炒，火从底下蹿出来。我认为，每一个排档师傅都是大厨。

旁边的大叔点的是蛋炒饭，加了一瓶啤酒。

吃完便无意再走，

打车回家。

猫和鱼的故事

子非鱼，焉知鱼之乐，或是不乐。

猫和鱼的故事

大家都知道我最喜欢的动物是猫，我也一直开玩笑和别人说我属猫的。

因为安静，因为不麻烦，因为斑纹好看，因为有灵性。
因为和我像，时而可爱卖萌，时而安静独立。

人对于一个东西的喜欢程度有很多种。

对于做事理性的我来说，我在做事上是很有规划性的。可是，你们不知道我对于猫的喜爱程度，是那种一看到猫，就停下手中的事，宠溺地看着她，跑过去迎着她。弃手上的事情、工作、物件于不顾。

似乎是找到了同类一般。

不管她对我多么不理不睬，多么冷酷高傲。
我就是爱她的冷酷高傲。

猫的祖先前世，一定是和鱼相爱过，很痛苦并且受了伤，所以这辈子相爱相杀。因为鱼只有八秒的记忆。

想起《东邪西毒》里的一段台词：
“不久前，我遇上一个人，送我一坛酒。她说那叫‘醉生梦死’，喝了之后，可以忘掉以前做过的任何事。我很奇怪，为什么会有这样的酒。她说人生最大的烦恼就是记性太好。如果什么都可以忘掉，以后的每一天将会是一个新的开始。那你说这有多开心。”

“相濡以沫之后，便相忘于江湖。”
是喜还是悲。
没心没肺。

任何时刻，任何事件。八秒之后，便会失忆。就像喝了孟婆汤，轮回下一世。每一次见面，都似初见，陌生而熟悉的爱情。

“我好像在哪里见过你?”

和莎默的五百天里，莎默每天醒过来都会看录像，然后男主角告诉她，我是你老公，这是我和你的孩子。然后让莎默在一天里重新爱上他。

子非鱼，焉知鱼之乐，或是不乐。

“人生若只如初见，何事秋风悲画扇。”

安　静

只剩下钢琴陪我弹了一天
睡着的大提琴，
安静的，
旧旧的。

安　静

不知道从什么时候开始，骨子里产生了那种安静的力量。

或许也可能是一种变相的自我保护。

孤独感

是无人懂，

无知己，

而非一个人的状态。

这个世界有许多个类似的你，散落在不同的时空。

就像

《不能说的秘密》里因为一架钢琴而穿梭时空；

《触不到的恋人》里因为一个传递的信件而时空交错。

我们在寻找另一个自己。即使找不到，你也依然相信他们的存在。

2008 年的时候用的豆瓣，至今。

“一个人的 KTV”、结婚狂的方小萍的时候喜欢的奶茶，至今。

对于一些事情，我是个执着的人，我是有情结的。

喜欢奶茶的初衷也是因为喜欢温暖、安静的女子，淡淡地进行和演绎自己的人生。

以及耿耿于怀的是奶茶最终没有和黄磊或者陈升在一起。我对这个世界感情的标准，是会有相配或是不相配，错过或是不错过的。
奶茶却淡淡地说了句“亲爱的路人”。这般洒脱。

洒脱
是必要的结果。
所谓承诺都要分了手
才承认是枷锁，
所谓辜负，
都是浪漫的蹉跎。

对的人终于会来到，
因为犯的错够多。

每个人都有自己的疼痛和挣扎，有些人是外显的，朋友圈会每天更新不同的心情，芝麻绿豆的事情，他们喜欢通过诉说的方式，抵消情绪。
我的理解里，人产生的负面情绪，都是对自己不强大的不满。
而对于那些想通过诉说寻求安抚的人而言，其实哭多了，眼泪就不管用了，一个道理。

有些人是内化的。不声不响、自我消化。

张牙舞爪的人，往往内心是脆弱的，他们只有通过这种方式来表达某种安慰。真正强大的人，是自信的，自信了就会温和。

喊疼的不一定伤心最深。
无声的也不一定云淡风轻。

真的悲伤，是不会有任何呼喊。
真的决定，是不需要任何劝说。

能够诉说出来的，通常都是不重要的。

我不喜欢说谎，我每当被问及不想回答的问题的时候，我会选择回避不答。

沉默有时候是最坦诚、最有利的答案。

为陌生人而难过

或许墓碑是更真实地记录过一个人曾经存在过。

为陌生人而难过

冬至的时候，和妈妈去把外婆和舅舅入葬。撑着黑色的伞，捧着楠木镶边的骨灰盒。把新买的墓碑擦拭得干干净净。妈妈说周围还要拿黄纸裹着热一圈，不然住着冷。

妈妈说：人死后就住这个房子了。50 年。

我说：还是个小产权。

不知道是心理暗示产生的作用，还是强烈的第六感，抑或是一些玄学。总觉得墓地附近的磁场和其他区域不同，就像是一个穹顶罩在这片天空，若隐若现的特殊感。

那些墓碑一行行整齐地排列着，一层层往上，排成一块块四方的阵地。

每一个墓碑上，贴的照片、写的人名和生辰。还有红色和黑色的区分。忽然发现，这个世界原来有熙熙攘攘那么多各式各样的人。

人的存在过突然变得郑重其事起来。

人的存在过越发感觉渺小无力起来。

或许墓碑是更真实地记录过一个人曾经存在过。

让我来看看舅舅的左右邻居。
姨妈说他挑的时候存心挑了个安静的地方，隔开几个才有邻居。舅舅喜欢安静，怕吵。

一个个名字入了我的眼，但我们并不相识。每一个名字都有一段愉快或者痛苦的经历。
如若看到一个比较年轻的灵魂，就开始猜疑这个人的生平、遭遇，以及经历种种。
然后感叹唏嘘。

人似乎总喜欢为陌生人而难过。

嘿，让我们一起调侃自己的故事

时间会在我们心里刻下疤痕，多年以后，我们会微笑着用调侃的口吻说着那些疤痕的来龙去脉。像是在说别人的故事一般若无其事。

嘿，让我们一起调侃自己的故事

我是个性格极强的人。

但我也是一个认命的人，不表示我不倔强。因为我始终相信有命中注定这回事。

“人不可能两次踏进同一条河里。”

如果一个人换一个家庭，换一个背景和成长经历，可能就不是现在的自己。

如果走一条路，看不清方向，不知道接下去的路该怎么走。还不如短暂停留，认一下要去的路，然后再决定。

生活比电影或者电视剧复杂得多，是因为生活是永远不会按照剧本或是设定好的情节去发展的，拥有太多的变化性。

《罗拉快跑》中哪怕人物出场顺序，事件，任何东西，哪怕时间点不同，结局的好坏也相差太多。电影倒着放会怎样？《时空恋旅人》中即使时空倒退，所有情节都变化，那个人依旧不会变成自己的新娘。

《降临》里的另一个物种的存在中，时间对他们来说是非线性的。女主拥有感知未来的能力，前路迢迢，如果你已预知你的一生，你是否有勇气继续生活。你会去改变什么吗？
生活也永远都是一条单行道，无法预知，不可逆转。
这也正是可恶又奇妙的地方。

每一个爱你的人，每一个恨你的人，每一个你爱的人，每一个你恨的人，他们都是你人生的一段经历，你人生的一部分，他们的出现都在帮助你，完全你，成就你。

可贵的在于，爱过恨过之后，你依然热爱生活。

那些说不清、道不明的东西，只有让它淹没在那些时光里，等时间浮现。

时间，会让事情的本质更清楚明了。那些过不去的事情，终究是会过去的。那些不明白的东西，终究也会懂得。

我有一个小铁盒，里面收集了一些去过地方的火车票、飞机票、明信片，以及对我来说，特别有纪念意义的小物件，如一张大头贴，一个可乐拉环，一封情书，一部特别喜欢的电影的电影票根、演唱会票根，等等。

有一天，当我想放新的伙伴加入的时候，突然发现那些电影票上的字已消失不见，就像当初陪你看电影的人。

就像我最爱的电影.《重庆森林》中金城武那罐过期的凤梨罐头。

大张伟在有次综艺节目里不正经地说："这些疼痛是习惯，所以没有知觉，但是我们就这样练就一颗坚毅的心。"这是个活得特别明白、对世界看得特别清楚的人，我也终于懂了他和薛之谦关系会那么好的原因。很多人都不是表面看到的那么欢乐的样子。不过是换一种方式让自己看起来百毒不侵，所以武装着自己。

生活始终让我们疼痛，所以我们才会成长，以至于它们成为更厚的茧。

时间会在我们心里刻下疤痕，多年以后，我们会微笑着用调侃的口吻说着那些疤痕的来龙去脉。像是在说别人的故事一般若无其事。

一颗心究竟需要经过多少毁灭，才可以这般的淡定从容、没心没肺?

为你折的纸飞机，

停在那里，

飞向你说好的那片天际。

我们的人生是可以有弯路的

人就是因为走过弯路，才有的世界。

只要你可以回得了家，

埋得起单。

我们的人生是可以有弯路的

张嘉佳说：时间一直向前走，没有尽头，只有路口。
我们可以选择左转、右转、直行，或者短暂停留。
所有行为都变成结局。

即使是短暂停留，
也是为了看清脚下的路
可以走得更好、更远。

比生活更重要的，是生活方式。
如同比起做什么，怎么做才是更重要。
我们不是要活着，而是要生活。
我们也不只是要赚钱，而是要生活。

我们的人生是可以有弯路的，
人就是因为走过弯路，才有的世界。

只要你可以回得了家，

埋得起单。

对于大多数的人来说，
我们最终还是会败给生活，
只是败的时间点，
我们可以尽量让它延后。

希望等你老了，回过头来，你是有故事可以讲的，你是可以骄傲的。你是可以扪心自问地说一句，我这一生过得挺好的。

蔡康永说：得到比较多对人对己的了解，比较靠近幸福。

我们不用过早地妥协和顺从命运，
我们要学会对抗，
我们要学会守住初心，

这并不意味固执，
你需要不断吸收并改善方法和调整轨迹。

Chapter four

他　说

有时候，一部用心的电影或者是话剧，像是一群人同心协力地帮助一个人去圆的梦。

只有足够好，才能接受猝不及防最好的相遇

一些电影、台词、歌词，
如此温暖、让人想靠近。
让我变得温暖又敏感，
更善良和宽容。

只有足够好，才能接受猝不及防最好的相遇

世界是个很奇妙的东西，他有他奇特的游戏规则和运动轨迹，充满未知性和不确定性，并且无法避免，不可改变，不期而遇。所以，我们小心翼翼地去对待这份不可逆转的公式。

《北京遇上西雅图》，好多年之后，再续前缘。和你一起看《北京遇上西雅图》的人是否还和你一起看续集，一旦有这种剧情就想到陈升演唱会。你是否还坚持着前任扔下的习惯。

《北京遇上西雅图》第一集是独自看的。我很清楚地知道，总有一天，人是要和自己生死相依，这点上没有回忆是不是应该也算一个好事。

《北京遇上西雅图》中有一句话：他不会带我登游艇，吃法国大餐，但是他会每天早上跑三条马路给我买我最爱的豆浆和油条。

《北京遇上西雅图2》其实已经和《北京遇上西雅图》没有太多关系，和北京、西雅图这两个地点也没太大关系。导演想表达得太多，线索略碎，但它还是一部关于爱情温暖的片子。

娇爷说：如果不试，怎么知道是对的人呢？人有时候应该赌一把。即使受伤，只有下一次让自己失败得好看点。所以一直在思考，改进自己的轨迹，然后再拼尽全力地出发。

这是一个倔强的孩子，我喜欢倔强的人，眼中闪出的光芒。向死而生，暗透了，才能看见阳光。

Daniel（丹尼尔）：我是个仙人掌，不相信任何关系，所以把自己包裹起来，可以不受伤害。

一颗孤独的心，遇见另一颗孤独的心。
人生总有些相遇是命中注定的。

岁月给我们足够多的时间去沉淀，只有足够好，才能接受猝不及防最好的相遇。

很多普通姑娘总是说我要找这样的，我要找那样的，然后一边说自己没有要求。其实她们希望找一个既有深度，又有情商，又有事业有钱，还足够温文尔雅，还要帅，而且还要专一且非常宠爱她们的白马王子。从此过着富足体面的生活。

姑娘，王子凭什么喜欢你呢？王子喜欢的不是公主，也起码是灰姑娘吧？凭什么直视你无法遮掩的双下巴，凭什么接受你空洞无趣、没有思想的性格和内心。
姑娘，你可以不化妆，但是至少得看上去得体、有气质；你不需要买名牌衣服，但是至少得看上去不邋遢、舒服。

这是一个很现实的世界，我们都在寻求对等。我们都在衡量别人的分数，我们都想找到那些高分的人。

爱情中有两个问题，
一个是我们喜欢什么样的人。
而对应的另一个问题就是：什么样的人会喜欢我们。
我们经常会在意第一个问题，而忽略了第二个问题。
所以提高自己的分数，让自己不断变得更好，变成我们喜欢的人喜欢的样子。
才是正解。

只有让自己变得足够好，
才可以遇见对的人，
以及
对的人生。

最后桥段，Thomas（托马斯）死后，娇爷回到 84 号，看到 Daniel 坐在那边回头的一个瞬间。其实，我们的那个人，就在那里，回到最初的原点，可以微笑说句，Hi，原来你也在这里。

我喜欢那种心照不宣的默契。

如果要告别，那一定要用力一点

如果要告别，一定要用力一点，因为任何多看一眼，都有可能成为最后一眼，多说一句，都可能是最后一句。

如果要告别，那一定要用力一点

韩寒有一部很受争议的电影，叫《后会无期》。爱者极爱，厌恶者也极其厌恶。也许是因为稍显断裂的故事情节，以及各种零碎的画面拼凑起来的片段。

另外，只有同类者才喜欢同类，所以钟汉良的那句：有时候，你想证明给一万个人看，到后来，你发现只得到了一个明白的人，那就够了。

公路电影的题材，大部分都是在路上。人生，只是一种漫无目的的漂泊，与无数人擦肩而过，萍水相逢。

结尾的《平凡之路》以电影成名，浅吟低唱，朴树的歌总是这种风格。人生总归要回归平凡，当年十分叛逆的韩寒也已成为“国民岳父”。

电影中每个女主角的气质都极其明静，平静。我爱极了这种不动声色、云淡风轻的人。

周沫的那一个蓦然回首，微笑得很美。那种美让我竟然想到了《大话西游》里朱茵演的紫霞仙子。
只是这个回眸，是绝望的。
然后传来枪决的声音，面对梦想，我们挣扎，我们打拼。到最后，我们的爱与梦是否也被无情地枪决。

江河对于苏米的感情，就像那张卡片，一旦遇见了，怎么冲也冲不走。这是萍水相逢。

袁泉饰演的刘莺莺爱得很深刻，压抑。看着浩汉的黯然，刘莺莺紧接着淡淡说出：喜欢就会放肆，爱就会克制。这是久别重逢。

温水煮青蛙，青蛙想跳出逐渐加热的锅，立刻被盖上锅盖，最后被活活烧死。浩汉说：你不适合在这个社会生存。社会并不是你一味地相信它美好，就会变得美好，现实会给你当头棒喝。

郭敬明的小时代华丽；韩寒的则是一种倔强。

我们总是在拥有的时候不知道珍惜，这是人性。
然后真正失去的时候才后悔当初的不够珍惜。

我们总是不会说我爱你，就像我们总是学不会道别一样。
当你说出“再见”这个词的时候，到底意味着再遇见，还是再也不见?

人生很多时候的告别是猝不及防的。

如果要告别，一定要用力一点，

因为任何多看一眼，都有可能成为最后一眼，多说一句，都可能是最后一句。

展厅入口
A B Area

不悔梦归处，只恨太匆匆

如果再见不能红着眼，

是否还能红着脸，

就像那年匆匆，

刻下永远一起，

那样美丽的谣言。

不悔梦归处，只恨太匆匆

这篇的标题出自张一白导演，九夜茴编剧的《匆匆那年》，关注微博等这部电影等了太久。MV（音乐视频）一样的剧情，我们都是看着那些别人的故事，回忆着自己的青春，然后就痛了。

关于青春的故事永远是疼痛的。关于青春的故事永远都有那些固定的情节：早安，篮球比赛，跨年之吻，打群架，备胎，分手。由于个人偏好，觉得比同样题材的《致青春》《那些年》《同桌的你》要好看。说不上原因，只是不靠谱的感觉。只是因为我喜欢。

故事一如既往地从同学婚礼开始，追述 15 年。《将爱情进行到底》的开始也是因为一次同学聚会。想起很久前流传的一句话：同学聚会就是，拆散一对是一对。哈，打岔了。也难怪，相见，总有感慨和唏嘘。

陈寻：她叫方茴，我那时候还不知道，我会和她产生那么多交集，足以布满我的一生。

那时候的校园到处都藏着我们心照不宣的快乐！

在医务室，陈寻问方茴你是不是喜欢我，方茴回答是的那一刻，窗帘飘动着，阳光漏了进来。这一刻画面是静止的，就连水滴也会凝固在空气里。

爱情是有时机的，不是太早，不是太晚，只是刚刚好。

所以乔燃错过了方茴。

1999 年新年联欢会，放着动力火车的歌，放着苏慧伦的《鸭子》，墙上贴着 HOT、林志颖的海报，当年我们所有的记忆被挖掘出来。然后上演了青春剧必有的打群架。

赵烨：大多数人在回忆初恋的时候都是幸福、浪漫，甚至连屁都是香的。

乔燃：我喜欢丁香，白色的，紫色的，都喜欢。我喜欢她，是我的，不是我的，都喜欢。

这个夏天，我记得，你会记得吗？

那时的我们，总喜欢人生只有相逢，却不知道，还有错过，还有遗憾，还有来不及。

高中篮球赛，一个人装扮得极像安西教练，那一句“你们是最强的”，然后灌篮的歌，最后的 3 分，就像当初木暮公延对翔阳时候的 3 分一般，全场热血沸腾。只是我在那边喊：湘北队服是红色的，岭南才是蓝色的。

再后来，陈寻放弃了 13 分的物理最后一题，和方茴考上了一所大学。

陈寻：未来有一千种，我不知道我和方茴是哪一种。

高中毕业吃饭那年，放着张信哲的《信仰》和张柏芝的《星语心愿》，电视里宣布北京申奥成功。

林嘉茉向苏凯告白失败，赵烨帮林嘉茉收集了一叠 SK 人民币。林嘉茉说我不知道这是不是感动，反正我哭了。

我们俩依然是两备胎，但是我们这次被安在一辆车上。

大一军训那年，下暴雨，陈寻拿着吉他唱起了《对面的女孩看过来》。我们大一军训那年教官怎么那么凶？

陈寻：可是大学太大了，大到我要做不一样的功课，走不一样的路，过不一样的命运。

原来命运也分 A 面 B 面。

你们都是活该。

陈寻翻到当年方茴还他的财务书，上面写着：

不悔梦归处，只恨太匆匆。

“永远不是以前，也不是以后，我们在一起的那些瞬间，就是永远。”

我们要相互亏欠，要不然凭何缅怀。
错过还有记忆，唯愿天各一方，互相安好，再不打扰。

如果我们不曾相遇

如果我们不曾相遇，
我会是在哪里？

感谢你们走进了我的生命，
感谢你们走进了我的青春。

如果我们不曾相遇

这是五月天给五迷的倒数第二张专辑。关于五月天，那是我们的青春。倒数第二张了，五月天也老了，有的也已经拥有了爱情。

那“80 后”的我们呢？我们的青春，和即将跟着五月天专辑的倒数，开始进入倒计时。

听完这些歌，你会发现，以前歌里写的是叛逆的青春、不服气的躁动、对爱情的等待。

“我和我骄傲的倔强，握紧双手绝对不放。”

“不打扰是我的温柔。”

……

这一次，陈信宏把感谢写在了歌里，如同“80 后”30 岁的我们开始成长，开始对身边的人和事负责并且感恩，开始性格温和而谦逊。

《如果我们不曾相遇》

这是一首陈信宏对所有五迷的告别诗，

也是我们对于那些青春的告别诗。

感谢你们走进了我的生命，
感谢你们走进了我的青春。

那年前，我们从无限深情，变成了形同陌路。
又有多少人，从张学友、张信哲，变成周杰伦，然后又变成薛之谦，
从五月天变成陈奕迅。

原来这个世界已经变化了那么多，
变化最快的，不过是人心。

那些所谓的经典，
就是在经过了时间的打磨后，
依然熠熠闪光、掩盖不了的东西。

某些人一旦喜欢上，
就再也戒不掉；
某些歌一旦听上了，
就会一直单曲循环。

如果我们不曾相遇，
我会是在哪里，
每秒都活着，每秒都死去，

每秒都问着自己。

谁不曾找寻，谁不曾怀疑，

茫茫人生奔向何地。

如果我们不曾相遇。

再怎么惨，也要看起来帅

致那个在人生中故作坚强的你。

再怎么惨，也要看起来帅

很有意思，看到一个叫《小时光面馆》的小视频，这个系列一共有十集，并且获得了戛纳创意节娱乐金狮奖。其中有一集叫《英雄不流泪》。

他叫陈英雄，习惯把自己的痛苦装得云淡风轻，故作坚强。

“英雄”这个词语仿佛从进入词典的那一刻起就自带光芒。太多人都有“超级英雄”情结，美国队长、钢铁侠、蜘蛛侠……
超级英雄的定义是，具有超能力的人。

《奇葩说》有一集的议题是：世界需不需要超级英雄。于我而言，是需要的。和宗教一样，我们必须有一个信念或者是寄托来承载那些小情结和希望。即使我们知道那是虚无的。

我们不需要活得那么现实。

所谓“英雄不流泪”，把自己的痛苦装得云淡风轻，一笑而过。故作坚强。

无敌是多么
多么
寂寞。

再强大的人也会有脆弱的时刻，那个平日里故作坚强的我们，也有觉得累了、撑不下去的时候。
有一个小小的角落，可以让自己卸下身负着的坚硬的外壳和盔甲，看一看自己的心。

一枚子弹从枪口发射出来，飞速而有力地穿过身体，附着在身体上。你若无其事地从包里掏出一张创可贴，贴在露出弹头的伤口上，外观看起来就和没事一样。

我们看到那些创业者成功的光彩，却不知道他们为此受过多少委屈，多少个日夜的提案，以及多少次受人白眼的妥协和委屈。

我们看到一场场为了远方说走就走的旅行，羡慕他们潇洒，却不知道他们为此需要多少的勇气，以及为了这份任性和义无反顾，之前、之后可能要面对的生活和窘境。

再怎么惨，也要看起来帅。

我们往往都是只看到硬币的一面，那一面是有光环的，打着灯光逆光的剪影。但是另外一面呢？另一面的黑暗才造就这一面的光环。

任性是需要资本的。愿你努力到你的能力可以托起你的任性和才华。

致那个在人生中故作坚强的你!

我是七月，那你呢

我应该是更偏向七月的，那你呢？

又或者，在不同阶段，不同时间点。有时候，我们是林七月；有时候我们是李安生。

我是七月， 那你呢

陈可辛这次搭档了曾国祥，以及在片尾看到了导演是岩井俊二，改编的这部电影又是出自安妮宝贝的小说《七月与安生》。窦靖童来演唱主题歌也是最适合不过。一切都是我喜欢的样子。

“听说，只要踩着对方的影子，她就不会离开你。我恨你，可是我只有你”。七月和安生就好像维罗妮卡的两生花一样的存在。

安生没有父母，叛逆不羁，爱摇滚，爱流浪，追逐自由、漂泊又不平静地过着自己的生活，抽烟、喝酒、化着浓妆、内心深处又很渴望家庭的温暖。最终安定下来和一个老实沉稳的男人结婚。七月，一直好好读书，毕业后稳定地工作，25 岁那年准备结婚，最终想活出自由的样子。

27 岁以后，她们活成了对方的样子。
七月是漂泊的安生，安生是安稳的七月。

很喜欢逃婚后，七月的妈妈对七月说：

“折腾不一定不会幸福，只是折腾会很辛苦。”

可是，只有一场场经历，才会让我们更了解我们自己。更接近内心的自己，更接近真相。

你奔波过，才知道自己适合安定。
你谈过很乖、很平淡的男友，才知道你喜欢浪漫且富有激情的。
谈过很谨慎小气的，才知道自己对异性的基本要求是大气。

我过着父母们希望我过的生活，不甘心那么碌碌无为，于是一直在或多或少，或复杂或简单地做着自己想做的事，想过的生活。

安稳地上班，做着公司的小白领，不错的职位，还可以的工资。除了男朋友之外，基本都和父母所希望的差不多，因为我只可以控制我自己，男朋友是我不能控制的。

以及每到一年半、两年就会辞职，然后休息少则两三个月，多则半年。去旅行，去演戏，去接活动综艺，去经营订阅号，去写作，兼职写文案。

我一直是在忠于自己，和父母希望的样子之间寻找平衡点。所以我本身就是一个纠结体、矛盾体。不管是文字，还是人生。

我会有所为，但是不会脱离轨道太远。因为这样才可以及时回归，不偏离太远。

因为一句话，所以我也正在尝试过那种生活，
“既可以朝九晚五，
又能够浪迹天涯。”

我应该是更偏向七月的，那你呢?

又或者，在不同阶段，不同时间点。有时候，我们是林七月，有时候我们是李安生。

人生有时候就是一场左右互搏的争斗。

Chapter five

爱　情

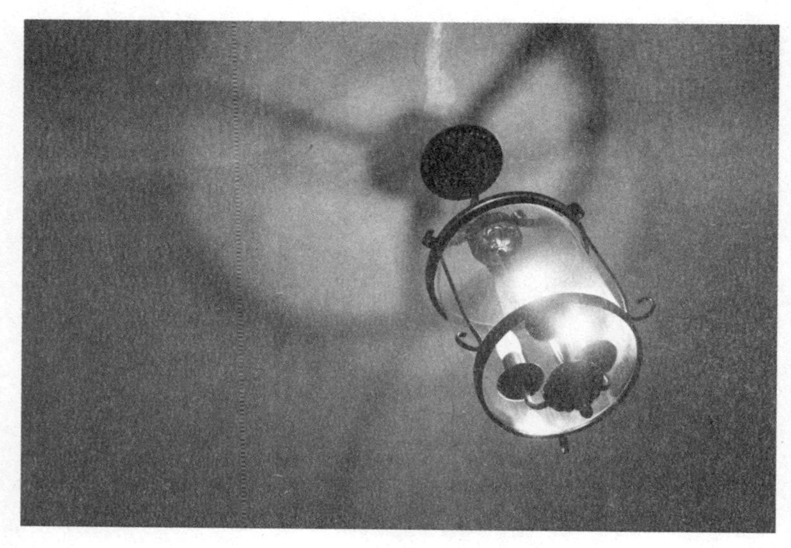

相亲式爱情观

由一场场相亲而产生的爱情观

一段关系的开始，应该是先有爱还是先有情？

相亲式爱情观

有阵子虽然并非自己主动，但是走了桃花运一下子很多朋友、还有父母都说要帮我介绍对象。

经常有朋友问：七七你现在有男朋友吗？

我笑了笑回答：没有。

朋友会露出很惊讶的表情：不会吧。你怎么会没有男朋友？

我用之前同一个微笑的表情回答：我，应该比较难有男朋友吧？

朋友：我给你介绍。有一个男的……

出于难以拒绝和礼貌，就礼貌性地见了一些。

陆陆续续无疾而终。

之后看了部电影——《征婚启事》。

罗教授：把你的频率放宽点。

奶茶：好的都是别人的，

有些人觉得还可以，但是要结婚，你又觉得差一点点。

我们这一生会遇见很多人，也会爱上很多人，很多人可能很快就不爱了。

你们可能这个礼拜每天聊天到很晚，从诗词到电影，从旅行到歌手；下个礼拜就突然爱理不理，即使看到微信横幅跳出来的消息也不想秒回。

不代表我们需要被道德绑架，说我爱这个人就需要爱多久，显得自己很忠贞的样子。

也没有任何规定说：我们一辈子只能爱一个人。
不需要把自己束缚在这个圆圈里
我们可以去见识更多的人，更多的世界。

爱是冲动的、本能性的、直接的。

而情是有责任的、长期的、体谅的。

那一段关系的开始，应该是先有爱还是先有情？

我喜欢有故事的人，因为我喜欢听故事，
以此作为是同类的标志。
进入我心里的入口就是，我们愿意分享彼此的痛苦、经历和故事。

没有人会想把自己交给一个完全不懂自己的人。

《非诚勿扰》里舒淇说：“彼此气味相投，隔着八丈远就可以闻到”。
所以有些时刻，我会在一刹那觉得
我会和这个人有交集.
因为我特别喜欢话不多，笑起来淡淡的，又有些无可奈何的样子的人。

爱上已婚男人

有时候，我们来和走都没有给理由。

我们再也没有进入对方的生活。

爱上已婚男人

想起了很久前听过的一个故事。

我爱上了一个男人，已婚，1983年生人，小孩7岁，不会离婚，我是小三。我们努力去互相克制和压抑着心里的感情，可是感情这个东西哪里是可以控制的。
我知道我们总有一天会发生些什么。果然，在某个时刻，还是顺其自然地发生了。

那你期望有结果吗？
不希望。

然后呢？

我们约定了个时间，到那个时刻就分手。于是，像世界末日般在一起。

冯唐在《万物生长》里写道："我要用尽我的万种风情，让你在将来任何不和我在一起的时候，内心都无法安宁。"

上海的冬天，特别的冷，迎着街口刺骨的风，怕冷体质没有任何温度，我们拥抱，
然后转身再见。

说了再见却发现再也见不到，
我不能就这样失去你的微笑。

有时候，我们来和走都没有给理由。

我们再也没有进入对方的生活。

微信加着，朋友圈却默契地互不可见。
平行相处着。
反而这样的距离才是最舒服的状态，把对方的生活也照得更清楚。

我，也没有问，后来。

曾经遇到过一些人，
相爱时用尽全力，离别时狼狈收场。

曾经遇到过一些人，
来的时候猝不及防，走的时候却满是回忆。

最好的爱情

于我而言，

有一个人，会和你喜欢一样的歌、一样的电影、同样的小情绪，有同样的癖好，

以及所有的相同或相近的感受。

那便是最好的爱情。

最好的爱情

有一个很火的虐死“单身狗”的有关陈小春和应采儿的视频。

他们的眼神里就像布满了星河，星星点点，一不小心眼里的星光就会流淌出来，无限地爱恋和宠溺。这种眼神是怎么也装不来的。他们看彼此的眼神，应该就是爱情的模样吧。

《回到爱开始的地方》里有一个游戏，想确定自己是否爱这个人，和他对看几秒便知。大抵也是这么个道理吧。

我是一个特别爱看小细节的人，以此来权衡我是不是要爱上这个人。
闺蜜陈小妞每次和我聊起近况，都会说：你也太执着了、太偏执和拘泥于小细节。这些小细节又能怎么样？你能不能现实点？

不，它们对我来说很重要。
它们能让我记得或者爱上一个人。

比如他帮你拧开的瓶盖，

比如下雨天向你倾斜的伞。
比如整点发的生日祝福，
比如知道你爱吃什么以及忌口什么，
比如会帮你 KTV 里点上你爱唱的歌。

又比如
下车时帮你挡头的手，
喝水时先测水温，
你自己都不注意，低头帮你系的鞋带，
上厕所时，帮你翻开马桶盖，
知道你最爱喝柠檬味的饮料
……

这些零星的细节星星点点积累起来，然后发芽壮大，构成爱一个人的全部。

对于小细节的偏执，以至于我看到路边一处开得特别好的花，吃到一根比其他薯条长的薯条，心情就莫名其妙的愉悦很久。

我们就这样被一些小细节填满着，
感动着。

有阵子《我是歌手》红了一个人——当年并没有怎么红，甚至已经被大家忘记的人，叫李健。然后我去扒了他的微博。有这样一对夫妻：李健和孟小蓓，诗一样的爱情和生活，孟小蓓称呼李健为先生。

他们微博里这样写道：与你在一起的日子才叫时光，否则只是无意义的留白。

这种生活像是午后的拿铁，像是草莓拿破仑蛋糕，像是黑松露巧克力，亦像是芦笋烟熏三文鱼色拉。

我果然是喜欢美食的。

相敬如宾，适当调侃。所有的距离和呼吸的气息都维持得刚刚好。

这个世界每一个人都是独立存在的个体，过度涉入他人的生活，并非一种太机智的相处方式。
相处就是把两个独处放在一起，彼此相吸又各自独立。

需要强调的是，保持适当的安全距离，并非等同于漠不关心、不冷不热的态度，除非不爱。这是一种尊重和默契，只要对方需要，就会义无反顾地随时出现和支持。

张爱玲分手的时候写道："我已经不喜欢你了。你是早已经不喜欢我的了。你不要来寻我，即或写信来，我亦是不看的了。"

谁说一定要总分总的，没有开始也没有结束，是洒脱还是太冷酷。

林徽因和徐志摩的爱情隐忍、克制、理智，这与她的学识和所受的教育有关。
林徽因也曾经对自己的儿女说：徐志摩当初爱的并不是真正的我，

而是他用诗人的浪漫情绪想象出来的
林徽因，而事实上我并不是那样的人。

有时候，我们喜欢一个人，其实是喜欢在一起的感觉。《心动》里梁咏琪在飞机上收到金城武的一个铁盒，里面是我想你的时候拍摄的不同地方不同时刻的天空。

还有在一起时候的你自己。或许，那个时刻，才是初心，才是最真实的你自己。

于我而言，
有一个人，会和你喜欢一样的歌、一样的电影、同样的小情绪，有同样的癖好，

以及，所有的相同或相近的感受。

那便是最好的爱情。

而我希望的爱情生活是，早上 8 点迷迷糊糊醒过来，听到细琐的声音，他在烧水，做早餐。然后我起身，温柔地搂过他的腰，亲上一口，倒上一杯橙汁。微笑着互相问候一声早安。

爱是牵挂和寄托，是让我们强大起来的动力。
爱是感谢你出现在我的生活中。

有时候，我知道我只是想找一个温暖安静的陪伴，

爱是看到对方背后的需要。

而恰好，

我愿意给。

熟悉的陌生人

我们的爱情到这刚刚好，

剩不多也不少，还能忘掉。

熟悉的陌生人

我有一个朋友叫燕子，她有一个谈了 4 年多，又纠结了 5 年的前任叫土豆。

不过她那个纠结到现在，却依然没有在一起的，不知道适不适合前任这个称呼。

我说：你们当初为什么分手呢?

她说：我是属于那种很高冷的人。我居然发现他和他的前任茉莉纠结不清。茉莉并不是我心里认可的那种类型。

这个世界上的男人女人那么多，我偏偏爱上了你这类。

我们于是成了互相的“生死劫”。

后来

我们互相折磨。

后来的后来，

毕业了一些年，

我换了工作，
他也是，
加上之前的心结，
我开始对他各种不满。

我想要面包，
他给不了。

我们越走越远。

我问：你们还可能在一起吗？
她说：现在不可能。
我问：为什么？
她说：爱过的人两个太熟悉的人终究走不到一起的。
我问：那多可惜。那以后呢？
她说：顺其自然吧。

在我们生活里，很多人来了又走。任何擦肩而过的人都有意义的，他们变成回忆。
关于青春的美好，就是由一个个这样的故事形成的。

有时候偶尔会恶毒地想：我希望你早年秃顶、大腹便便、和你爱的人总是吵架，然后想起我。再后来又想想，算了。我还是希望你幸福生活。

现在燕子和土豆依然经常互相问候。偶尔聊聊天，问问现状。

其实我特别羡慕她。

爱过的人，
即使相忘于江湖，偶尔能听到对方的消息，
那就是最好的结局。

你是我的软肋

我们心中早有一个答案，
骗得了别人，
骗不过自己。

你是我的软肋

再强大的人也有软肋。
有时候，
一个人会变成我们心里的
一个开关，
一个死穴，
不能触碰。

听到过这样一句话：
当你听到某个名字，
愣了一下的时候，
你就输了。

那个有归属感的戒指
却一直藏在我的钱包里，
随身多年。

我们心中早有一个答案，
骗得了别人，
骗不过自己。

姑娘，愿你可以嫁给爱情

愿你会碰到一个人，

有一天，

你拖着他说：

走，领证去。

姑娘，愿你可以嫁给爱情

舒淇和冯德伦结婚了，追了女神多年的彭于晏终于输给多年的交情。莫文蔚和冯德伦相恋九年，最终和相识二十多年的老友结婚。

从《非诚勿扰》到《剩者为王》，一直都很喜欢这个随性，笑起来大大咧咧的姑娘，这一定是个白羊座的孩子，死心眼。

莫文蔚曾经在演唱会上大唱《他不爱我》："我知道他不爱我，他的眼神说出他的话"，唱哭了自己，唱哭了观众。林心如和清冷男神霍建华也在40岁的时候修成正果。

那些年我们心里的女神，都在合适的年纪嫁给了一个人。女人心里最终还是需要一个归宿。而这一回，她们嫁给了爱情。嫁的那个人，就是那么多年，兜兜转转恰好依然在她们身边的人。

我们开始总是不服输，然后或早或晚都输给了现实。

闺蜜D是个漂亮的姑娘，爱打扮，爱逛街，爱追韩星。曾经有个不成熟但很帅的男朋友，最终在 26 岁闪婚嫁给一个爱她的老公。小学一直到大学的同学 Q，25 岁也嫁给了一个学历、工作、家庭都很般配，彬彬有礼的老公。

似乎这才是女人应该走的路。

似乎结婚就是找个人搭伙过日子。有时候，婚姻的合适不仅仅为了自己，也是为了家人。

于是，我们开始相亲，开始降低准则，甚至放弃。于是我们找个和心里标准差很多的就嫁了。那些守住准则的人，是自私还是强大呢?

至少，对于 29 岁还单身的我来说，我想找的一个人，是想一辈子在一起。

我不是不想恋爱，是特别想。

特别是吃东西还剩好多吃不掉；星巴克第二杯半价买不了；看到一个帖子想和一个人分享的时候；去到一个城市，明信片除了自己不知道寄给谁；大姨妈肚子痛只好撒娇抱着熊；偶像剧看到暖男情节；想出门打扮，想想算了反正没人看；下飞机或者火车的时候，没有人接；接到同学的结婚喜帖；朋友圈一张张晒娃的照片；节日不知道该和谁说节日快乐；爸妈用羡慕的语气说着谁谁谁家孙子多可爱……

特别想。

可是，我更想嫁给爱情。

我想有一天，我可以面对幸福的时候，不讲道理地伸手。

我想有一天，我会义无反顾地拖着一个人说：走，领证去。

姑娘，愿你可以嫁给爱情。

你爱的人，还是爱你的人

只为结婚而谈的恋爱才是耍流氓。

因为你们说好结局，你们谈好条件，你们达成交易。

你爱的人，还是爱你的人

撇开对家人负责的情况下，

在我的观念里，

所有的婚姻，一定不是因为年龄。

而是因为“爱情”这个物质的本身。

只为结婚而谈的恋爱才是耍流氓。

因为你们说好结局．你们谈好条件，你们达成交易。

很多人都想找个爱自己的，自己又爱的。但是不用数据统计就知道，这基本不可能。大多数人也没有这样的运气。

那

你是会找一个你爱的人，还是爱你的人呢？

爱你的人，你是占主导地位的，是理性的。这也是一个比较聪明的做法。你会比较省力，你被动接受来自于别人给你的爱。你是相对付出少的那一方，但是你会失去精彩的部分。

你爱的人，你是占相对被动地位的那个，是感性的，是精彩的。对方的行为都牵动你的情绪，你是情感付出多的那个。爱一个人，我们会因为他的一笑一怒而开心或者伤心。他总是不回你消息的时候，你会不知所措。

为什么如此折磨，我们却依然会去爱呢？
因为其实奋不顾身去爱人的感觉其实比单方面的被爱要好。
就像我们现在即使有足够的钱可以买得起奢侈品，我们依然怀念儿时的那个陪伴我们成长的玩具；如同即使别人送我们再贵重的礼物，我们依然还是喜欢自己赚钱买的想看的那一张演唱会门票。一切都是源于：我喜欢。

但如果对方长时间不能给予你要的回应，你不知道你应该继续去爱，还是放弃离开。大部分人应该会离开。毕竟人还是希望得到同等回报的。

所以很多人的情况是，年轻的时候选择你爱的，长大了会选择爱你的。

有一种爱情

每一个人都有他心中的爱情，

那么，

你心中的爱情，

又或者是你遇到过的爱情，

是什么样的呢？

有一种爱情

爱情是一种很玄的东西，她不是天道酬勤，不是你通过努力和付出就能得到对等的回报。不是数学题，一个答案就一定对应这个结果，求得正解。

我们在不同的家庭条件和家庭环境中长大，形成了不同的性格，最终合并同类项，变成一种可以相处的生活方式，那个叫爱情。不对，那个也可以叫婚姻。

有一种爱情是深陷其中，奋不顾身，飞蛾扑火，轰轰烈烈，把自己弄得伤痕累累，却依然一头深陷。

有一种爱情是，一个孤独的灵魂，遇到另一个孤独的灵魂。就像陈末和幺鸡那样。那么是得到拯救，还是更加孤独?

有一种爱情是，喊着什么都不要，其实什么都得到了。

有一种爱情是，拒绝接受，从不主动。不让他介入你的世界。这不是姿态，而是一种自我保护。怕自己习惯有他的生活，当他抽身离开时，自己的世界，他无处不在。

有一种爱情是杨过、小龙女之间的日久生情。
亲情更胜于爱情，爱与不爱，皆是情。

有一种爱情是，最好不相处，便也不添堵。

那，爱情到底是需要有距离和空间来保全，还是用力干脆去爱?

我一直相信好女孩应该被疼爱。同时，善良、勇敢、美好的人是会有光环的。但似乎，我们一直在寻找的那个人，不是时机不对，就是情绪不对。

我们孤独地在等一个，
什么都不用说，就懂我们的人。
等一个，
可以看见我们与众不同的人。
等一个，
可以有同样情愫的人。
等一个，
我明白你的不容易的人。

等一个，
我可以不用说，
却会在特定时刻问我：“你怎么了?”

我可以不用说，
却可以用眼神读懂我的人。

爱情是，给他，他背后的需要。

我们在寻找的那个人

我在这儿，

你在哪里？

春水初生，

春林初盛，

春风十里，

不如你♡

我们在寻找的那个人

人的一生都是在寻找另一个人，
另一个人其实就是另一个自己。
生活在不同地方，
却有类似经历和性格的两个人。

我不需要经常听我爱你之类的话，
因为那些不足以表达感情。

也许他从来不会说，
你也不会。

但是你们心里清楚地知道
彼此是那么地
爱着对方。

我还是那个心里任性，
期待着爱情的小女孩。

看到感性的东西会哭，
正义、固执、倔强。

我在这儿等你，
那你在哪里？

一定会出现的后记

后记就这样如约而至地出现。
其实我并没有想好这篇后记要写些什么，但是似乎我还有话想说。

交稿前最后过的时候又从头自己捋了一遍，真的不同时刻的文笔都不同。
时而感性，时而理性，时而深情，时而洒脱。

相比完美的剧情，我更喜欢留白。有无限空间以及遗憾，这才是人生。就像只有笑的从来都是剧情，
笑着笑着就哭了，
哭着哭着又笑了，
才是人生。

不过幸好这本不是小说，所以不存在结局。
序言和后记只需要是和内容一样的文字形式。

我特别喜欢用无厘头和不在意的表达方式，去认真地陈述那些深情

和有道理的话，只是却经常因为表达方式太过于搞怪，往往被人忽略那份深情和认真。

最后在定价的时候，
也并没有定价很贵，
希望你可以买得起。
希望它可以对得住这个定价，
对得住出版社和我的编辑。

希望你可以看到这份深情。
希望你可以回忆起自己这些年的时光。

希望它可以照亮你的这些年，那些人的时光。
希望我可以用这份小小的努力，然后小小地改变世界。

希望它可以帮助你的成长，
希望它可以让你更正确地去面对社会，
希望它可以陪伴你，
陪伴你走一小段路。

希望它可以温暖你的心，
善意地对待这个世界，
善意地对待自己。

我们的青春未完待续，

我们的生活并不完美，

甚至很辛苦。

可是我们依然倔强努力地生活着。

直到等待它熠熠闪光。

To be continue >>>>>>>>>>

TO 那些年的自己：

TO 多年后的自己：